诗歌风赏

惠风和畅

大型女性诗歌丛书

娜仁琪琪格　主编

2018年第二卷
总第020卷

POETRY APPRECIATION

长江出版传媒
长江文艺出版社

诗歌风赏

时光最美的记忆与珍藏

关注 Attention

新浪微博 @ 诗歌风赏
　　　　http://weibo.com/shigefengshang
微信公众号：诗歌风赏

新浪博客：http://blog.sina.com.cn/shigefengshang

联系 Contact Us

E-mail：shigefengshang@126.com

我们 About Us

主　　编　　娜仁琪琪格
编　　辑　　　爱斐儿
　　　　　　　三色堇
　　　　　　　白　兰
　　　　　　　纳　兰
　　　　　　　宫白云
网络编辑　　　原　野
设计装帧　　　苏笑嫣

惠风和畅

娜仁琪琪格

　　潮白河的水荡漾起来，风在水面上奔跑、起舞，坚冰融化成涓涓细流而后汇聚成一条汪洋肆意的河流。比住在潮白河边的我还早知道信息的是突然出现在河面上的大群的野鸭子，我真是惊讶于它们获知信息的准确，这让我怀疑它们不是从远方飞回，而是隐居在这河里或芦苇丛中，否则它们怎么会这么快到来？

　　最早出现在河面上的野鸭子，它们的体形是硕大的，它们在河边上集聚，召开会议。它们一出现，这条河就生动了起来。在那一刻，我的脑海中跳出了这个念头：这群生灵，它们是潮白河的灵魂。它们在河边上静静地聚会，呼朋引伴。它们可以悠然潜入水里，也可以展翅突然飞起凌空而舞。安静了一冬的潮白河灵动了起来。呵，潮白河的春天真的不远了，那些青葱的绿、明亮的花朵也正走在路上。

　　多么微妙，自然的巨笔在挥动，我们肉眼看不到的画神在静悄悄地描绘，带动着和风细雨，那些温软博大的爱意在挥洒，在刻画，在风涌，在魔幻般地发生着变化，每一天都是不同的样貌。而你总会感觉到那些潜滋暗长的力量，那些惊喜、雀跃与感动。

　　鸟来了，花开了，树绿得烟波浩荡，在某一天的傍晚蛙鸣突然响起，一片连成一片的蛙鸣，灌满了河水，在整条河上响亮。鸟鸣、蛙鸣、风声、花朵绽放的声音，合奏着一曲《惠风和畅》，在自然的轮回中一切重新充满了希望与期许。

　　此时，我正在翻阅的书稿，已是《诗歌风赏》的第20卷，我着手组稿编辑时是1月份，那还是冬天，潮白河结着坚硬的冰，河流两岸的树木向上举着疏离骨感的枝条，现在浓郁的绿已是疯长蔓延，迈进初夏的门槛。将这卷书稿编选完毕，心胸漾动着激动与喜悦，因这一卷作品的质量很好。本卷"独秀"我们推出荫丽娟诗歌，并请来德高望重的周所同老师为她的这组诗歌《镜中人》作评论。由川美领衔的"群芳"，一定会让你感受一个争奇斗艳的初夏；"绽放"既有少年成名的高璨，也有近两年刚露头角的李成虹等人，廖令鹏为几朵小花写的评论中肯到位。在"花絮"栏，田暖和秋水为我们展示了诗人的丰富多彩的诗性生活。"雕塑"我们请来了多才多艺的海男，她带给我们美术的视觉冲击的同时，也给我们讲述她的艺术人生，当然还有她的最新诗歌佳作。翻译家李以亮在"采玉"中为我们推介了哈丽娜·波希维亚托夫斯卡诗选。"赏鉴"栏是安琪为我们推荐她最喜欢的一位外国女诗人的一首诗歌以及她的解读。我相信，只要你打开这卷《诗歌风赏》，在阅读过程中定然会产生不断的惊喜与怦然心动。其实在每一卷的编选过程中我都会收获这样的惊喜、快乐，从2013年第1卷《大地花开》到现在第20卷《惠风和畅》，在季节的因循轮回中收获并珍存起无限的美好与感动。

在《诗歌风赏》第20卷到来之际有无数的感慨，语言像潮水一样涌来，而我在这里必须把它们截住，因为一些想说的话曾在2017年底中国诗歌网所做的中国诗歌主编系列访谈（《诗人、诗歌编辑，我是拥有双翼的人》）中谈到，我将那篇访谈编辑到了本卷的"煮酒"栏目，在第20卷的《惠风和畅》中与诗人花语"煮酒"话"桑麻"。

时光荏苒，惠风和畅，生命的过程就是这样一次又一次被撞击，被感染，被浸润，被洗亮。

目录 contents 2018.2

封面·封二·封三　盛华厚　画

独秀

OUT SHINE
POETRY APPRECIATION

荫丽娟

1971 年生于山西省太原市。会计师。中国诗歌学会会员、山西省作家
协会会员，太原市作家协会会员，太原诗词学会副会长。诗文作品见
于《诗刊》《中国诗歌》《中国诗人》《诗探索》《诗歌月刊》《都市》
《读者》《黄河》等报刊。有作品入选《2015 中国诗歌年选》《2016
中国年度诗歌》《2016 中国年度作品·诗歌》等多种选本。偶有获奖。
出版诗集《那年那雪》。

镜中人（组诗）

▋荫丽娟

写给岁月的情书

不用结绳，你给予我的
我都会一一记得。
——比如弯曲如水蛇的命运线
——比如眼睛里，或暗淡或清透的水波纹。
我已经习惯了，摸着你
微凉的额头过河。
春天在远处，每年
都会等我赴一次奢华的盛宴。
其实，你给予我的
远比我想得到的要多。
你是我每一个欢快的白天，忧伤的夜晚
你是生活转弯处的
一只邮筒：老旧而沉默
我喜欢那种颜色，就像一封多年前写好的情书
恰好有了开花的欲望。

在灵石遇到一座寺庙的名字

在灵石遇到一座寺庙的名字
我是羞愧的。

这些年，进庙拜佛
眼里浮动着尘土。
我学着那些善男信女，烟火缭绕间

合十双手
先拜东方，再拜向西方。

我用左手点香，右手却伸出来索要。
殿前的一点梵音如木质隔扇
漏下的光芒
我视而不见。

在灵石遇到一座寺庙的名字
我只在远处想象
诸神的模样。
我的身体里有一个臃肿的秋天
内心有一片看不见的欲念之湖。

羊皮筏子

我没有勇气去打探
一个活的生命是如何臣服于古老、伟大的手艺

……几只羊的躯壳鼓胀着，并排着，捆绑着，载负着
去到水里
天性，奔跑和无边的草原，已经死去。

我没有勇气穿上救生衣，坐在筏子上
水中的木桨，仿佛在泗渡一些灵魂。

岸上，一个生意人
正对着羊皮孔，吹气
他仿佛在不停地歌唱，生命所谓的逆袭和重生。

中　秋

这一天
黄菊隔着篱笆绽放了

一地秋凉已翻过不远处的山头
枝头的每一片叶子，都了无牵挂地坠下
似乎带着你虚拟的温度
我没有向任何一棵站在近前的树
表达，低于地平线的悲伤

我等着——
一轮圆月，把埋葬多年的雪还给我
把一些旧事物还给我
细小的光还不曾走失，露水中有一万个你的碎影
仿佛这残留的爱
要为我打开，光明的属所

你指给我看的桂树，今夜依旧繁华
妈妈，你的亲人们尚且安好
只是我无法在一轮明月下，赞颂这尘世之美
把酒言欢
只是我无法拔出思念的脚步，和浩荡的风一起
离你，越来越远

一切都宁静下来

多年后，一切都宁静下来。
只有我的身体像个黑色逗点，在万物中
缓缓移动。
那些曾经遗弃了我的，终将被我遗忘
命运赐予我的苦难，自视为珍宝。
路边开不败的野雏菊，一片连着一片
仿佛是，我为岁月写下的情书。
还好，我的灵魂没有紧跟上来，她在青春的
章节里，稍作片刻的逗留。
一切都不重要了——
我衰老的心，像尘世的一粒沙土，却不再妄自菲薄
我的墓志铭，在初生的光芒里
微微地闪耀。

盐　粒

仿佛人世间所有的苦痛都有了证据。
这白花花的苦痛

没有边际
在众神安宁，如镜一样的湖水边。

迟早会被岁月板结，风干
——从心底流出的泪滴，汗滴，甚至血滴。

不为一时苦而苦
这样才配得上隐忍之外，深蓝的辽阔。

在茶卡，我并不动心于遇到最美的自己
我要掏出一粒盐，十万盐粒的苦涩，铺在命的中途。

一个人的寂静

就像白云走远
留下了天空
你们走远，留下盛大的寂静。
一个永远追赶不上尘世脚步的人
落在人群最后
踩着自己的影子
还有命里的磕绊，阳曲山上
一千多个裸露在风雨中的石头。
此刻，内心的羊群
突然奔跑出来
在一片虚无的光阴里——
我感觉无比的富有。
就让我与牛羊啃过的青草殊途同归吧
就让我与无人深爱的野花相见甚欢吧
独自走在山中
凡能被我看见的，都是我的血脉亲人。

初 冬

树叶掉尽，才能看见并不高远的天空
甚至天空中，那一缕慈悲的流云。

并不是每个季节的转换，都能给我们一些暗示
老人眼中，有灰白宽厚的爱。

汾河水缓慢地冻结了
仿佛上面铺满尘世之光，冷若一片冰霜

深处汩汩地流动，却如同人心还没有完全背离
还有爱的磷火瞬间被擦亮。

可以不爱，我们却要守住澄明的事物
可以不去赞颂，我们却要心怀感恩地遇见
哪怕是刺痛，生冷，万物之苍凉。

红崖顶

我竟不能混迹在一片苔草中
看一看，人间的天光淡影
秋风肃杀。
我竟不能跳出生活的尴尬境地
用心享用，自然赐予的一场盛宴。
牛角鞍，2566 米的高度
不胜寒。
雨夹着雪，绵绵无尽——
鱼目混珠的心念对我来说是常有的事情。
内心积攒的雨水，随我一路攀援上来
在草尖停留，汇集成海
云在低处浮动，海一样幽深而辽阔。
木质台阶上堆砌的松针，是生命琐碎的细节么？
它们在我来时路和去时路上
裹着与世界一样的灰色尘土。

镜中人

沉默。
这个夏天，离群的语言很多
它们像我的局促，自尊或者别的什么。

在夜晚
一步一步走入镜中
没有出口。
给过我光亮的星星，也断了
一只翅翼。

光线
终于投到你面前。镜子里
已不是那个，如初见的我。

与母亲说

自你走后，两间朝南的平房再无人照料
荒草已漫过父亲的腰身
我也是一棵草
屋外的风，一个劲朝身体里吹。
自你走后，你钟爱的梅花表
躺在暗红色扣箱里，再没有上过一次发条
就像后来的日子
再没有快乐与火光的跳跃。
自你走后，我找遍所有抽屉
我把你的相片
重新翻洗了一遍
然后一张一张摆放好
却不小心铺展到想你的悬崖边。
自你走后，我努力地活成你
借用你织布工纤巧的手和弱小身躯
借用你母亲的身份
接受我的孩子捧上，一枝康乃馨的祝福。

灯火和孩子

你在说灯火和孩子
说我们的后半生。
"田野里还没有结出一颗像样的果实"
一个少言的父亲，说完后
看了看我
便把目光移走，一只鸟钉在雪白的墙上。
此时跳动的灯火，灯火中长大的树木
还有白色马蹄莲
正漫过夜色，最后高于茫茫夜空。
窗外，整夜有雨
中年的我们，在忽明忽暗的雨丝中
寻找着彼此的手，彼此的声音。

黄河岸边

如果河水是流动的血液
那么岸边这些深深浅浅的裂纹
就是曾经留下的伤痕。
我不知道"祖国"这个词语
可以装得下多少岁月，烟尘，隐隐苦痛
也无法说出，它的厚重与深沉。
那些凹陷与凸起的黄泥土
仿佛一只巨大的古陶瓶
我把这些交错的象形文字
读成：大地与天空。

日日万事丛生

我甘愿走向你们——
我甘愿走向世间的任何凡俗
其实凡俗本来就是我的影子。
新奇的事物，枝头一只又一只不安分的松鼠

总是令我，目不暇接；
尚未翻动的日历，每一页都充满魅惑。
秋风
已把街角的落叶擦拭了几遍
无法捡起
就像我不能拥有我所珍爱的一切。
在飞起的尘埃里
我看到了一些繁复的美，一些光芒
……日日万事丛生呵！
对于我来说，这也并不是什么坏事情。

大雪之诗

说着说着，雪片就落下来
这白色的深渊。

看不到的深，仿佛尘世的
伤口。

只有我，在白色的包围里突围
其实一切都无从改变。

最为喧闹的时候是最孤寂的
阳光背面的黑色斑点。

……冬天已漫过眉梢
是的。冬天是我生命中常有的季节。

海

之前，没有见过海。
我不知道海水会吐出那么多白色泡沫
它们不停地生成，又破碎

一片片残骸堆积在蓝色的虚空里。

海的深处有没有更深的海
天空之外有没有更空的天空？
这涌起，从高崖上骤然跌落的花朵
是命运之手，打开的。
只有礁石上的沟壑与一些细小贝壳
生了锈一样，静默着。

此刻，落日的光开始浸入海的光芒中
它们，叠加成一个世界
撞击着暗流，生成和死亡
远处点点的白帆和我永远也抵达不了的
万物的神秘。

提起死亡，我是惧怕的

提起死亡，我是惧怕的
一如惧怕黑色深林中，点点幽暗的光。

没有尽头的田野
隐匿了生命内部的细节。

我用什么才能深埋死亡——
这世上唯一确定的事。

向死而生，一个清醒者的梦幻
其实活着

就是胡乱地扎起一把又一把，生活的花束
终会有一朵，清冷地开放在我的墓碑旁。

到那时我所有的痛苦也将消逝殆尽，还有欢乐
它们殊途同归，带着一棵草木的荣光。

高考在即，写给儿子

原谅我，直到今天才知道
要如何爱你。
时间是个不知返途的痴迷者
我已回不去，换个模样
爱更小一点的你了。
我们在一起的潦草光阴，你最好是忘掉
其实，我不合时宜的爱，一直都在
仿佛一张旧存根，已被我悄悄地保留。
原谅我，直到今天才知道
要如何爱你——
爱你折叠过的青春
爱你爱上的
一切值得你去爱，有用或者无用的事物。

是诗打开一颗封闭、暗淡的种子（随笔）

荫丽娟

　　小时候，我喜欢在很高的沙堆边上掏出一个小洞，或垒起一个沙堡，正当欢喜兴奋，不知谁家的顽皮小男生就会趁我不注意，突然过来，轻而易举把我的沙堡摧毁了，那时我仿佛突然失去了人世间的所有，涌出的泪水用小手擦也擦不完……十二岁那年，一个飞雪的冬天，母亲在一次意外事故中突然离开了她爱着的孩子和家，我也在那场遭际中受到了精神和肉体的伤害。我的家，就像一座小小的沙堡，被命运之手轻轻一推，顷刻间就残了，破了。

　　生命中有一部分我们是无法选择的。比如命运。海德格尔说，人的"存在"就像被上帝从天空"抛"入一片海洋，在坠落中、在茫茫的海水中遇到什么，我们必须接受并奋力划动双臂，不敢有一刻喘息，才能打开一片小小的生存境遇。

　　之后我的家庭继续变动，我急于要离开那个失去母亲和温暖的家。中专三年的住校生活，我一直是包裹着自己，从不想让谁看到我的内心。或许包裹得太紧了，总是要有什么力量来打开它吧。

　　我不知道是特殊的遭际让我变得敏感、细腻，还是自己骨子里原本就是这样的。校园外无边的田野、摇曳的丁香花和山坡上破旧的土窑洞……给了我对诗的第一次想象。那时我总是久久地望着眼前的一切，心底叹息命运的不公。如今想来，我应该感谢命运偏爱于我。是它让我比别人眼中多了一些事物，比别人内心多了几条幽深的路径。

　　是诗不知不觉打开了一颗封闭、暗淡的种子。十八岁的时候，语文老师给我们讲了一堂诗歌课，我着了迷一样，开始阅读和抄录诗歌。我经常翻开厚厚的手抄本，与一首小诗对话，她仿佛看着我，替我说出我无法表达的感怀，无声的词语流动竟发出了惊人的声响，我也曾在日记本里偷偷写下稚嫩的分行，我的情绪似乎得到了一瞬间的宣泄，单薄的心通过极为普通的文字得到了一些抚慰和力量。

　　命运不会一直与一个人作对，后来的日子归于平淡。但我几乎再没有写过什么。我忙于工作，养育孩子，照顾家，在中年庸常的生活中，也自得其乐。

业余时间我喜欢和三两个好友促膝交谈，出行，甚至是打打麻将。我很少读诗歌，仿佛完全远离了她。但记得有一次，我与朋友们去娄烦县旅行，车窗外，密密的草丛之中有那么多大小不一的石头，我几乎要尖叫起来。它们多么像内心洁白的羊群，或走或卧，蠢蠢欲动。坐在一片山坡上休息，我看到草尖上顶着晶亮的露水，原来卑微的事物也能给自己加冕……回去的路上，我不禁拿起笔，颠簸着写下了几行文字……原来诗是天使，不知何时就会蓦然现身。原来我的诗心尚存。不过过去的二十年中，像出行那次的写作冲动，真是少得可怜。

里尔克曾说："记忆终究会在我们身上变成血液，变成目光和手势，又不再同我们自身有所区别，就会在某个时刻，一首诗的第一个词出现在它们中间，并从它们中间走出来。"是的，万物发出的细小声音，显露出的情状从来不会在一个人的记忆中泯灭，相反，会越积蓄越多。2011年末，一个机缘让我再一次拿起了诗笔，所有的过往都成了内心珍贵的黄金。它们一一现身，并且在晦暗和遮蔽中一点点明亮起来。

我曾一度以为我已经拥有了诗歌。但慢慢地，越写越不敢写，再后来反而不知道何为诗。尤其近来，思索和阅读要多于写作，我试图接近她的内核，也许终其一生都未必能够做到。但我知道一点：不是我爱诗，也不是诗垂青于我，我们已经是"血肉不分"了，我皈依了她，她也度化了我，无论缘深缘浅，无论我能否真正地看清她。我"在世界之中"，是尘世密密织网中的一个纽结，我的身体里携带着诗的"密码"，我们观照，融合，生长，变化，存在。在生活的夹缝中因了一种仰望而充满希望地活着，我感觉我所做的每一件事都充满了意义，我愿意善待身边的每一个人，善待万事万物，内心平和安然。

我是一个宿命论者。对于诗，我一直存有敬畏之心。我从来不敢轻易写下诗的第一行，那是上帝赐予我的礼物，大多是先验的，不可捉摸的，不管怎样，我都只能欣然地接受。我不知道第一行将会把我带向何处，我只知道一旦进入诗，我就像一个冒险的孩子，莽撞前行，那幽暗或者是光明的隧道会不会朝向我？那些暗合的事物会不会昭示什么？最终我的去路在哪里？我将要看到什么样的奇异风景？这一切都无从知道。在诗中，我坚守着干净、质朴、孤寂、善念的本真心，就像一个人对美的最终阐释与感悟。在诗中，我想逃离自己，想逃离惯有的表达方式和对文字现有的认知度，我不想让自己禁锢在一座小小的瓮城内，我想让诗有裂隙、时间、存在与跨度，有无限的胆识和胆量。在诗中，我是一个牙牙学语的孩子，我常常无法用确切的语言表达好感知、情绪和出窍的灵魂。但我一直试图把它们变成活泼泼的生命体验、生命情状和普遍的审美情感。在诗中，我还没有构建起自己的语言王国，那是一种神秘的语调……这六年来，我仿佛一直在苦苦跋涉，一直在寻找着什么，却又不知道那究竟是什么。每年深秋，西山山顶上和山路边，都盛开着一种黄色的野菊花，她们明亮、细小，孤独地面对着风霜，她们翻过一道又一道山坡，面对一次又一次的背叛和死亡……她们或许就是我的诗，是我"粗陋的儿女们"。

有人说童年的境遇可以决定人一生的性格和走向。我的性格其实是矛盾多面的，有时隐忍，有时棱角分明，有时像个孩子一样，有时又郁郁寡欢……这也许符合诗的某种特质吧，我想这样的性格终究是因为童年那场意外的飞雪，在我内心一直簌簌而下。我的老师梁志宏初认识我时就曾说过，我的诗里总是"铺着一层忧伤的雪的底色"。那些雪，其实是我无法绕过的暗疾，但我不想我的命里只有雪，而且对于我来说，雪也不只是雪了，白色的光点让我慢慢敞开了生命的状态和人生境遇，它们是燃烧着的希望。

我的家乡山西，是一片神奇的土地，文化底蕴深厚，人性朴实仁慈。我从小生长在这里，有被北方的风吹得生疼的体味，有汾河水的浪花拍打着心花的滋养，有对众多古庙、古树端坐在时代光线里的仰望……这些都在我的身体里潜藏、流动着，是一种深沉的情感，是归宿和依托。但远方还有更为辽阔的疆域，内心还有更为深邃的洞穴，它们或许在等着我。

随意道来 （评论）

周所同

A.《诗歌风赏》主编娜仁琪琪格电话里说，她读到一组好诗，是我老家山西诗人荫丽娟写的，一再强调诗极好，耐读，很不一般，想让我写些文字。娜仁琪琪格是位眼光独到、鉴赏力极高的好编辑，她的话我信，她充满喜悦的语调一再传过来，我能想到她高兴的样子，窗外的寒冷似乎也被她的笑容暖和了。其实，她说到的荫丽娟诗人，我是知道的，并有过两次短暂的接触，只是对她的创作情况和个人经历不甚了了，不由得踌躇起来。为年轻诗人写评介文字，我一向慎重，生怕稍有差池或走偏文字，误人子弟。意外的是，太原那边的老朋友又来电话，再三约我捉笔，若再推辞，就不识抬举了。反正，我现在一边读荫丽娟的诗，一边试着与她交谈，我的文字不讲规矩，也无逻辑、秩序和理论谱系，就像自由给的愈多用的愈少一样，如果把想到的说到，如果编者与作者能理解我的节俭与随意，我就试着说了。

B.一首诗一定有它生成的秘密，其复杂过程因人而异，但一定与作者的天赋、人性、灵魂、伦理、道德、精神指向、价值标准、审美趣旨等形而上的背景有关，也一定与其生存、生活、经历、经验、人生的苦、辣、酸、甜等形而下的遭逢有关。无疑，荫丽娟是一位严肃而又有准备的诗人，她的作品与她的人是高度一致的，是有立场、有位置、有重量、有温度、有哲学背景和精神气象，因而也具备了认知高度及普遍意义的作品；与时下那泛滥追风、流行成癖、猎奇时尚甚至无趣恶搞的作品相比，更凸显出其存在的价值和不可置换的品格。应该说，诗人荫丽娟这组近20首的《镜中人》，代表了她目前创作的高峰，诗中隐隐散射出来的光芒，是十分炫目耀眼的，作品的质地和艺术成色也是令人信服的，特别是她诗中弥漫着的那种蓄势待发的力量或厚度，更是值得期待的。我的总体印象是，荫丽娟是一个内敛多于释放、从容不事张扬、安静而又平和的诗人；恕我猜测，这类诗人的厉害之处，在于已看淡身外之物，能以克制隐忍的态度，直面人世间的伤害、苦痛和不幸，由此，她才获得了内心的和谐与平衡，才把她的目光专注、凝神于她心中所爱，至于接纳什么，舍弃什么，她已有了自己明晰的答案。

　　C.诗人的路只有一条。话虽然绝对，但不谬，不能类同结伴出游，就是走自己的路，烙下自己的脚印，朝着自己认定的前方，不跟风不随俗一直走，除了自己，路上最好再无他人，只有如此，人们才能一眼看见并认出你，如此你才是你。诗人只做一件事。就是穷尽一生把日常生活情感，上升为审美情感。这个过程既漫长又复杂，既具体又抽象，需要考验一个诗人的综合实力与能量。从走好一条路到做好一件事，就是对一首优秀作品或一个优秀诗人的基本认定和概括。仔细读过荫丽娟这一大组作品，我松了一口气，内心的喜悦与欣慰悄悄袭来，难怪娜仁琪琪格和山西的老朋友极力推荐，我为山西有这样的年轻诗人而兴奋，也为我的孤陋寡闻而惭愧。我要郑重地说，作为一个诗人，荫丽娟已具备并凸显出优秀的素质、深厚的功力、格外的准备，像一只羽翼丰满的大鸟，她已经高飞。尽管，眼下尚未引起更多人注意，但用不了多久，人们从她的《镜中人》里，一定会看到"我已不是那个 / 如初见的我"。破茧蜕变的过程，每个诗人似乎都应经历，而能否吐丝并织成丝绸？除了造化，或许还有坚持，荫丽娟一定是这样的人：她有自己的桑田、自己的孤灯、自己的机杼，她不停地织锦绣花，也不停地否定并校正自己，在每天变旧变新的时间里，那个熟悉的她变为陌生的她；这层意思她没说，是我的猜想，她是否认可，我不知道，反正，她作品里弥漫出的信息就是如此，得之不易的诗和诗人从来都是孪生姐妹，那种十指连心的痛，也是十指连心的幸福，其中的甘苦，相信荫丽娟比谁都清楚，即便不说，依然会存在。

　　D.写诗的人都知道，从精确表达到感觉飞翔，再到智性呈现，要完成这三个阶段，也许，会耗尽你的一生；就像诗歌语言，从有意味到有意义，再到二者碰撞产生的超验的语言一样，每经历一个阶段，你的作品则会呈现不同的风景；更为要命的是，每个阶段若要细究，还可分出许多层面，一首作品的高下或成色，就在这细划中才可得到大致的指认。之所以不厌其烦列出这些并不科学的标准，只为说明我就是循此来阅读、评判荫丽娟这组作品的。我得赶紧说，她的作品是经得起检验的，是一个清醒的歌者，诗中很少见到盲目的痕迹，每首诗几乎完成得很好很到位，总是能在适时的地方找到爆发或突破点，读来水到渠成，朴素、自然，又不动声色，且能从容不迫将诗意抵达智慧的高度。比如，她与岁月对话，发现了那只老旧而沉默的邮筒，恰好寄走自己开花的欲望；说到盐粒的苦涩，感受到其中隐忍、深蓝的辽阔，即便铺在命的中途，又有何妨；与寺庙偶尔相遇，在跪拜的一瞬，她发现自己满身尘土，执念与欲望还在，而能合十忏悔，就是打扫心灵；在渡河的一只羊皮筏子面前，她想到的一定比看到的更多，那死去的羊只，为羊皮筏吹气的生意人，在这些现象背后，突然意识到，所谓生命的逆袭和重生，却原来是如此残忍，而麻木与歌唱司空见惯，则显得更加残忍。人生在世，谁都是一个镜中人，在反复映照中，荫丽娟凝注思考一个哲学命题，巨大的时空与人的渺小是对峙的矛盾，除了不断变化，甚至变无，别无他途。当她忆及母亲，说到儿子、亲人，以及提起生死等重要话题时，她内心的母爱、亲情、伤痛、无奈、怜惜、婉叹，是那么单纯又那么复杂，是那么凡俗又那么庄重；而这些人之常情掀起的波澜，在她的笔下，变得《一切都宁静下来》，在《日日万事丛生》的现实面前，她突然发现了人生的真理："其实，凡俗本来就是我的影子"，"对于我来说，这也并不是什么坏事情"。能如此深刻、清醒、透彻地认识世界、人生包括自己的人，一定是睿智的、理性的、豁达的，是经过生存历练、生活磨洗和痛苦击打之后，在《一个人的寂静》里，慢慢悟到的。

E. 拉杂地说了这么多，但愿不是闲言和废话，倘若作者、读者、编者能从中择出一些有用的东西，也不枉我老眼昏花，一边读一边记下的文字；做编辑营生就是通过作品认识并推举诗人，相信不用多久，《诗歌风赏》会郑重地把荫丽娟诗人介绍给大家，我有幸成为较早的读者，还是要谢谢娜仁琪琪格主编和作者的信任，现在，我该隐身了，这些文字是烛火，还是阴影？并不重要，读者的眼睛是雪亮的，他们的评判、认可才是重要的！

暂时打住，接下来我会长久地期待。

周所同，著名诗人，1950 年生于山西原平。原《诗刊》社编审，中国诗歌学会副秘书长。出版诗集《北方的河流》《拾穗人》《人在旅途》等三部，创作并发表过小说、散文、随笔、诗歌评论等约百万字。参与编选过各种诗歌选本约 30 余套。部分诗作被译介到国外。

群芳

掌心里的汉字（组诗）

■ 川美

窗

我所求之安逸不多
闲书一本，好茶一壶，世界一窗
若纸笔顺手，你在天涯
适合写一封信，可长可短，可寄可不寄
皆因，一些话，可说可不说

起风的日子，心不懂安逸
难说哪儿不自在
小狗在院子里奔扑狂吠
扒窗看它，起身开门
抚摸颤抖的脖颈，以示安慰

推开窗户，让风也进来
眼前的一扇不够
另一扇，却不知开在哪里
小狗偎在脚边，团成一只老式面包
心依旧烦乱。它的样子，我看不到

门

我相信，它真的存在
就在我奔走的每一条路上
在山的后面，羊群消失的树林里
在海的后面，船只隐没的小岛上

在夜晚，月光照亮的小路的尽头
或者，晨雾遮蔽了高高的白杨树的街角
雨季到来，闪电泄露了天机
翠鸟经过我，唱出奇妙的谜语
一只花栗鼠远远地朝我张望
有我不懂的表情和手势
每一缕风都暗含启示
我却浑然不觉，一错再错
直到它突然呈现，并挡住去路
哦！一扇雕花木门，掩映在常春藤里
蔷薇遍地，流水潺潺
琴声琤琤，鸟鸣啾啾
一个声音轻唤——进来啊！
我迟疑着，既不应答，也不近前
好像有种力量将我钉入大地
成为一根枯朽的木桩
直到一切突然消失，而我
躺在床上，紧张地攥着汗水
这一天和以往的日子一样
没有奇迹发生
只有遗憾和隐隐的痛，留在心里
我想，那扇门再也不会出现了，
而我依然相信它的存在
——在奔走的每一条路上

忍

我跟自己说，无数遍地说
有时对着墙角，有时对着镜子
有时出声，有时不出声
嗯，好吧，让我们来做一个了结
之后，是沉默，长久的沉默填补了沉默

生活教给我一些活下去的技能
唯独不教我了结的决绝

他掷出暗器，伤及我心
我流着血，却在替他的良知疼痛
总在绝望时，宽大的隐忍拥抱了我

要么痛，要么苦，要么痛苦
世间的不幸莫过于此
而比起最大的不幸者，我还不幸得不够
瞧，朝着荒凉、漫长、无望的路上
表情僵硬的躬行者，都是我的同道

睡

睡了，依然听到生活的声音
一些呼唤穿过墙壁
一些脚步在耳边杂沓

睡了，看到的景象更多，更奇特
看见猪扇动翅膀在树梢上飞
鸽子变成水面上的白莲

睡了，在薰衣草的海洋里奔跑
疯狂地追逐一只兔子
搂着它柔软的身体

睡了，从梦里浮上来，像个水手
抛弃黑暗的沉船
死里逃生地回到故乡

落

目睹一些事物上升之后
现在，我开始忍受
这一些事物和另一些事物
经久不息地——

飘落，零落，坠落，陷落，沦落

孤独之夜，疲惫像山影一样倾斜
而睡眠之熊尚未出没
我闭上眼睛，倾听尘世
落花——落叶——落雨——
不可阻挡的宿命
在落日巨大的叹息里
贴着夜空，如贴着面额
落山，落水，落草，落荒——
及至，"咚"的一声，一片羽毛触地

一切之后，我将无处寻觅
你的红唇，你的明眸
你精致的侧影，消逝在茉莉花的芬芳里

慢

我们也来说说慢吧
之前说了太多的快啊
说着快时，牙齿都跑丢了
现在，我们勒紧缰绳
让思想的野马在身体的草原上收住蹄子
让身体回到光阴丰沛的源头
让草木重新发芽，花朵含苞待放
让雨回到雾，雾回到云，云回到不知云为何物
而我们，各自回到出发地
记起尘世的诸般憾事，在黑暗中彼此寻找
仿佛隔着一光年那么远那么绝望
而灵魂的耐心像星球一样稳固
我将慢慢地走向你，正如
你慢慢地走向我，正如
一滴露珠，通过鱼的眼泪流进大海
一粒草籽，通过羊的哀歌找到牧羊人
一只小鸟，通过森林的传奇梦见伐木工

拒绝钟表的世界，万物从容不迫
我们像雾一样聚散随形
或者，并不期许返回人间

诗

习惯了边吃水果边写诗
时常有趣地想：吃进的食物
如何最终成了一首诗？

不管怎样，我相信：
吃进　只梨子就会写出一首梨子味的诗
吃进一只苹果也能写出苹果味的诗

秋天的时候，吃过许多葡萄
便一直欢喜那些写在秋天的诗句
那些像绿色马奶子或紫色玫瑰香的字串

当然，草莓味、西瓜味的诗
也写过了。前两天写成的诗
一首酸橙味，一首柚子味

这一首，你或许不大喜欢。因为
刚刚吃了榴莲——流连，爱煞这名字
就像爱上"活着"这个字眼

其实，我特别想写一首青草味的诗
如果能像牛一样吃进青草就好了
并且能像牛一样倒嚼就好了

巢

久久地，我望着河对岸的一排杨树
望着它们，不仅因为

那些树长得挺拔，茂盛，隽美
既配得上河水，也配得上天空
还因为，树冠上的鸟巢
配得上它们自己

早春的时候
树叶还没长出来，我看见
树和巢，像铅笔勾勒的草图
不久成了水粉画
现在，是浓墨重彩的油画
到了冬天，该是一幅水墨画了
而住在画里的鸟儿
从不在意风格的流变
它们的衣衫是从前的款式
颜色承袭古老的传统
它们的房屋，朴素而精巧
像一件器物
是我们推崇的纯手工制造
更有那不变的歌喉
遵从上帝许诺的音调

恰如一种美德的证明
我总是喜爱结着鸟巢的树木
那些没有鸟巢的树
一定怀着遗憾和仰慕之心
庆幸自己
生长在有鸟巢的林子里

红

一个圆圆的发髻，散开
一只精致的水罐，破碎
一朵红花，一朵盛开的夏日玫瑰
来不及承接黎明的最后一吻
鸟的骊歌，风的拥抱，露的泪珠

凋落了
片片花瓣，无声无息，如你
来不及在爱与恨中转圜
漫漶的红，从脸颊到颈项
到锁骨到乳峰到腹部
及至膝盖，踝骨，脚趾
消逝了
一条隐秘的河流，流经你，载走你
如载走一根苍白的浮木
没有上游，下游是永恒的时间之海
多么奇怪，那么多红流入海中
海，依旧是茫茫无际的蓝
多么奇怪，那么多红消失殆尽
红，却未见些许消泯
当你最后一次睁开眼睛
看见西天熄灭的云霞从东方燃起
更多红红的玫瑰开在脚边
更多红红的嘴唇鲜润如花
你看见，少女绾起发髻
怀抱水罐，行走在神秘的火光里
红雀飞入红红的枫林
新娘步入红红的洞房

遇

它肃穆、沉郁
像孤独的王，站在舞台上
演绎自己的史诗
说起死去的美貌多情的王后
天空善解人意地落下眼泪
那泪水淋湿草木
也淋湿我的头发和裙子
此时，我正走在它的近旁
一条牛尾巴似的小路上
我迅速跑向它

躲进它宽大的袍袖下
它回过神来
给予我一棵大树的庇护所
周围，旷野展开迷蒙的布景

风

从她唇齿间若隐若现的香味
从一颗伤感不已的露珠儿
我知道，风来过了

从被劫持、被弄伤翅膀的蝴蝶
从它们刚刚离开的那棵战栗的小树
我知道，风来过了

可是，你捉不住风
不管为了爱，还是为了恨
不管用绳索捆，还是瞄准背影扣动扳机

风来过，且看见我
走在花园里，腋下夹一本诗集
它绕到后面，在左脸轻轻擦过

另一个时候，我看见风
用力推一位走不动路的老人
手抵腰部，令他不得不后倾着身子

我敢说，这花园里不止一个风
春天的时候更可能是一群
你认为无风的晌午，风在树下小睡

川美，本名于颖俐，生于 1964 年。中国作家协会会员。著有诗集《我的玫瑰庄园》，散文集《梦船》，译著《清新的田野》《鸟与诗人》等。参加诗刊社第 20 届"青春诗会"，获"2011 诗探索·中国年度诗人"奖、2016 年《中国诗人》年度奖。

风吹过万事万物（组诗）

东涯

槐花帖

这里没有尾闾的荒凉，槐林
尽头就是大海
抬眼望去，千万只白鹭
在槐枝间集群营巢
我闻得见白羽的芬芳，听得见
大海的滚动声——
它将成为一个纯粹的事件，告诉我
生命的自在与甜蜜

这白鸟，突如其来，铺天
盖地，仿佛久违的幸福
而时间，正朝着过去和未来逃逸
有一天槐枝间的鸟会消失
有一天我会无话可说
但此时，我只想用我的自由
接近、聆听和飞翔

一场花开，足以忽略生活的复杂性
海上浪涌，风恋槐香
所有的白，只为对应心中的安静
我凭海临风也是为了看我
在另一个海岸迎风而立的样子——
像这场花开，多么孤独
多么美——仿佛我已获得完全的宽恕

立秋辞

奔腾的大河就要临近入海口了
有多少义无反顾的念头
终会趋于静水流深

物于此而揪敛
这一天，高山遇流水，伯牙逢子期
老虎收起了钩戟和猎刃
而月亮，倒出了压在眼底的烛火
暮色无边啊
有些话你不说，我也都能懂

这是你我都熟悉的一天 ——万物候旨
只等立秋的时辰一到，太史官
高声奏道：秋来了
梧桐便应声落下一两片叶子

还会有更多的叶子落下来
还会有更多的分离，让心变得艰难
立秋日，天转凉
你带来的每一种颜色，都幻化为上升的光线
而你的每一个沉默，都打开一个深渊

别离帖

飞鸟的翅膀击打黄昏，最后的
飞离，并没有带走光
（灯盏亮起来了：临水照眼，一片清明）

它带来雨："我等着雨停下来
这场大雨，是我离开你时开始下的。"

带来欢喜的孤独、孤独的欢喜
离开另一个自己后，辗转反侧的长念。

它带来终极答案：没有你的掌纹
我孤掌难鸣。有你在的地方，才是故乡。

防潮堤

需要集聚多少块垒，才能堵住
泛滥的海水。需要承受多少重量
才能抵御那暴潮的袭击

一个上午，我行走在耕海路上
倾听着寂静与喧闹交织在一起的声音
判断着迎水坡面的受压力，以及下次浪潮来临时
所带来的碰撞与回声

不存在俯首帖耳。这一生，我都在不停地加固它
以对抗那致命的危险和折磨

也不存在征服与被征服。在自我的堡垒中
那所赋予的，和所剥夺的
必然会交织成两种伟大的传统——

这毫无疑问：顽强的精神不会轻易地消散
每一次命运的掌掴，都教会它
面对自己生命的方式
每一小块孤独，都在风浪海流的冲刷中变得明亮

盐碱滩

经过盐碱滩，视域模糊的我
一下子看清了自己的境地
我被抽走的脊骨，成为任何一棵树

在旷野中伸展自由的意志
你看那柽柳，那苦楝，那罗布麻

那努力扎进盐碱的根须

带着疼痛的力量。这一刻
我找到我所丢失的
和珍藏的一切，也终于明白

这些年，我屈辱地活着
就是为了此时的遇见。在盐碱滩
在海水和月光交汇的瞬间

透过溤漫的碱渍
和低矮的盐蒿草，我终于看清我
思想的血统。就像一部作品

被反复修订，我的盐碱滩
我的柽柳、苦楝、罗布麻，我生命中的
存在之难，我的苦行，与宁静

朴素帖

相信很多，又否定很多
并不构成矛盾的对立面
我不是闺秀鱼，但喜欢海葵盛开之美
盲点在于，柔软艳丽的
事物，最易暗藏猎杀的陷阱

我深知自己的局限，但我需要
这种冒险。比如
越过珊瑚礁，在鸥鸟起落间
看清镜中的谬误
比如，以海水为喻体
用深藏不露的手写下赞美诗

居于海边多年，我的所见
并非鱼眼中的世界

鱼知道，海洋里有沙漠，漩涡里有锯齿
鳄鱼的眼泪虚构慈悲，会飞的
恐龙并非善鸟……
鱼知道这些，而我总是误入其中

现在我只相信朴素之美
是生活和阅历筛选了我的个人好恶
我一次次折返内心是为
听涛，看白鹭的翅膀掠起惊涛骇浪
人到中年，我需要这种深情

需要用海水的咸验证生活里的
微甜，用海的尽头，丈量存在之永恒

掌纹帖

万物各有掌纹：覆满马头墙
的青藤。
雕砖门楼上的戏文。木屋顶上黑
如乌鹩的瓦片。人去楼空后
疯长的薜荔。
遥远的时空镜面里，命道定格的注目。
石佛寺的暮鼓晨钟。
透进天井的光……

我曾无数次地端详自己的掌纹
它如预言
延展不可知的力量。

我并不喜欢它——
它时而开裂的缝隙，吞噬太多的光
交换出晦暗凌厉的眼神。

是的，我从来就不喜欢它
——错误的纹理带来错误的存在。

消亡的走向，无止境的虚空。

它设迷障于崇山峻岭，
投蛊毒于车熙马攘，
它给我漆黑的夜如阃闾溃败的脸。

它用经验告诉我，错误的
另一面是遗憾，正确的另一面
是无趣。

如今，它斑驳的外墙
有风侵雨蚀的痕迹；它曾饱受
孤独之苦，断裂之痛。
它有天注定的遗憾，也有
末梢处的幸福，比如，我们确幸在一起。

它曾经孤寂、冷硬。如今
因你而慈悲。

它曾节外生枝，乱象纷呈。
如今纹理有序，方向明晰。

它漫长，如一场无望的等待。
它短暂，有无法预期的戛然而止。

但最终，殊途
同归。

哦，它承受什么，我就经历了什么。
我去往哪里，它就指向哪里。

风吹过万事万物

我知道，我必须来这里点一盏灯
在每一个日日夜夜，为你祈福

从此，你可以放下体内的绳索
和尘埃，河流平静地流淌

风吹过万事万物，发出柔和的光芒
我们在这里，安下虚空的心

安下不生不灭的心，安下灯一样
悲悯的心，明亮的心

在生命的场所，在自己的
佛龛内，缓慢地燃烧……

狼尾草

绵延成片的狼尾草遍体枯黄，告诉我
成熟是毒，苍茫是毒，随遇而安

是毒。用喙和尖刺告诉我
有些疼痛的无声，和持久

它摇曳秋风的手已经枯萎，告诉我：
"不只是你，谁不在耻辱中活着？"

我愿意透过密布的狼尾草，看到
世间的好，人心的暖，爱和欢喜

铺向秋天深处的狼尾草，铺向
远方，湖沼映衬下的静谧与安宁

东涯，山东荣成人。参加诗刊社第 26 届"青春诗会"。著
有诗集《侧面的海》《山峦也懂得静默》《泅渡与邂逅》和诗合
集《海边》《十三人行必有我诗》等。中国作家协会会员。现居
石岛。

我喜爱（组诗）

▌南子

我喜爱

我喜爱星期一多过星期日
爱这一天　生活的叶缘被拉紧——
拉紧无数的复制品
和首尾相接的迂回术

我喜爱阴天多于晴天
爱纸包不住火的阴天宽大，风轻
让孤独无处藏身
——那迷人的深渊

我喜爱洗楼的工人多于行人
爱他们的手脚仿佛鸟类
在笨拙的人间练习倒立　练习死
给大地平坦的胸部增添更多虚无

我喜爱自己甚于他人
我的影子狭隘、偏执
夹杂着尘土和可疑的炎症
我爱它深深地沉入自我的杯子里　不知所踪

我喜爱集市多于话剧院
爱这里的陌生人、乞丐、流浪者和小偷
在这里，穷人恨着穷人，坏人相互宽恕
当我从人世的缝隙间侧身
命运的难处我早已洞悉

我喜爱质疑瀑布的高度　就像喜爱
针尖对着麦芒
喜爱暴雨无法涉及的鼓点
正在击碎虚构的青山和流水

每天　我一小块一小块地去爱
曾经爱过的　明天还要继续爱一遍
我的喜爱　从拒绝开始
——爱乌鸦的哀鸣　齐腰深的睡眠
以及一座
被反复涂改的人性的迷宫

我的手

我老了
那慢慢缩水的手
我的手（那干枯的，摸过铁砂拌饭的手
摸过老虎身脊波浪的手
还有沙漠中龙卷风的手
在夏天捂一块冰的手）
似乎　不再有捏塑博格达山筋骨的雄心
以及喝退白纸上的黑暗力量

原　　谅

我要继续这样的回忆……
我祈祷
让这回忆隐藏在这最秘密的措辞中
带着傲慢的醉意
在这里找到它们的开始
两三个春风沉醉的夜晚
它请求被原谅
原谅裹束着胸的和无限妙曼的蓝色腰肢
肉体的欢乐

一再撑开了南方丝绸

啊，傲慢的肉体
像鸟儿一样痴迷着自己的倒影
原谅他在屈从于肉体的激情中
也同时完成了对她的赞美以及蔑视

单　数

他说，任何隐秘的事物都需要对称
如果人死于所爱的事物
也一定会死于他所恨的事物

可是　在言辞无法到达的人性的寒冬
这个从地狱返回的人
却是一个单数
一个既无美感又缺乏道德的
单数的人

——她有单个的阴影　单个的语言
单个的"是与非"
她是单个的，同时生产蜜糖和苦盐的国家

馈　赠

我深知灵魂虚无和易碎的属性甚于肉体
窗外的黄昏
云在深深卷送什么
有一瞬间　我好像爱上了那未曾出现的所有人
他们的喜悦　悲欢和隐忍的苦楚

而我就在这里
名字只有一个
生活仅存一种

当愿望少于赞美
在不道德的欲望里
事物会将自己分割　像脱落的树皮

对于它的馈赠
我微笑　但不置一词

比　如

比如　每一个孩童
都认为沙子是可数的　粒粒星宿是可数的
循着大地跑道的花朵和草芥
也是可数的
他们在与万物隐秘的对称中数数
辨认出无限中的唯一
一如在黎明前的黑暗之蜜里　找到了自己私属的神

成年后　他们在人世间熙攘的人群中数数
却辨认不出"你　我　他"
辨认不出迎面一张情不自禁的脸
以及时光的死亡　和倒向一边的
辽阔的昏迷

变奏曲

其实　我曾爱过这个世界
以一颗诀别的心吞咽它
就像吞咽所有生活蜜的渣滓

但是直到有一天——我看到
当诗人臣服于权力
不在墨水中找心　却将颂歌抄袭

当纸的背后隐藏众多猎手

手中的枪
随时对着某个词瞄准

当穷人的寂静
在制造一个漆黑的人世
那可怕的对称

——是什么跟跄了一下
在另一时代的陡坡?
我竖立起衣领背向人群
微微颤抖的肩膀
聚集起全部的隐忍

万　物

我不了解，一首诗是如何确立的
比如　与事物本质相遇时的幽暗与寂静
还有为语言所捕获的光——
当我终于洞悉了万物深处的严寒
与弯曲
我的一生和它们的一生
仿佛一座城池
在光线中无声地陷落

信

打开门　风掀开一页信纸
就像你刚刚来过
从带着羽翼，弥漫开来的薄雾中
来过这里

这是普通的一天
我独自写信给你
此刻　我谈到了吉卜赛的歌

也谈到了一代人的命运
信中之辞带来了星光，以及花园中更小更慢的动物

但我写的不是信
真正的信　是不用信纸的

最后　我告诉你的是——
别去追赶那些信
如果它丢失
那一定是与不信有关

清　晨

讨债者。劳动者。送葬车呼啸而过
风一样掀开他们衣襟下隐藏着的巨大力量
生的力量

孕妇在医院的走廊里
她投在地面上的阴影被反复折叠
分娩成许多个

啊　生活如此古老
一日有如一生
而所有的起伏终将平静
像入夜的河流　暗含着某种真理

匿　名

鱼是不说话的　也不咳嗽
但它却在整个的水里面
吐骨头

夜里新开的昙花是不说话的
三百里只熄灭一朵

对过往的香气有一丝谦疚

我喜爱的蜜蜂是不说话的
它随时射出的暗器
也只是褪了色的一根针

纸是不说话的　每天
它都在消除我变坏的声音
不多不少
像地上不飘浮的回声

倾　诉

像天空借助一场雨水
我想倾诉
像对恋人那样
说出"爱情""命运"或者"死亡"

但多数人还不知道
这些词　有它所独自承担的沉默和重量

南子，20世纪70年代生于新疆，著有诗集《走散的人》，随笔集《洪荒之花》《西域的美人时代》《奎依巴格记忆》《精神病院——现代人的精神病历本》《游牧时光》《蜂蜜猎人》等，著有长篇小说《楼兰》《惊玉记》。2012年获第三届"在场主义"散文新锐奖。2016年获《西部》文学西部诗歌奖。现居乌鲁木齐，为某报副刊编辑。

风 向 （组诗）

■ 幽燕

人 脉

这一脉上下五千年，脉象芜杂，浮，滑数
有暗道、关卡，骨连着筋，筋游走肌理
腰痛间或眩晕，老中医摸起来莫衷一是

推杯换盏，酒肉穿肠过
小兽与虎共谋一张蜘蛛的网
亮面的寒暄和暗处的算计
就看谁能见招拆招，左右逢源
打通任督二脉

多少肉身想凭此生出翅膀，
所谓的鸿鹄之志，扶摇直上三千尺
在人间这盘迷局中
一而再地寻找出口，打磨钥匙
以至于锁孔们也在沉思
叮叮当当的一串开锁钥匙中
这把到底有多重要？

高级灰

后现代气质
不刺眼
和任何颜色没有冲突
元素复杂

调和纯度偏低。
适合写字楼外墙内饰
轿车烤漆，会议室布面沙发。
适合不明朗的局面、议程
有用没用的发言。
深谙道路与墙壁的关系
与缜密的心思和分寸毫无违和感。
拒绝鲜艳，绝不明亮
在看不见的漩涡里出没
带着书卷的尾音

春天的来临其实是缓慢的

季节到来，天长了，风依旧不暖
旷野依旧是冬天的色泽和外观
春天应着它的虚名，
倒春寒、沙尘暴，
冬天的雪依旧落在春天的门楣
花苞知道　树枝和小草都知道
一年又一年的春天
像幸福和一切美好事物的来临
总是阻碍重重
它们从不急急忙忙登场
它们懂得用大地的颜色保护自己
不像我花朵般的小女儿，总是迫不及待
穿得单薄，袒露稚嫩
然后患上严重的伤风

脸盲症

举着相认的白旗，落入面孔的迷魂阵
所有的脸都像一张脸，所有的脸都形同虚设
每张脸都是陷阱，每张脸都是歧途
每张脸都似曾相识，每个人都不敢相认

迎面走来的那个人，笑脸相迎而后
又愤然离去的那个人
他是谁？

冷落被冷落，伤害被伤害，
我是人群里的陌生人，
这么多年我始终无法和人群达成谅解
我羞于承认自己的病症
就像我羞于承认
我始终认不出生活的真面目
一次又一次被脸孔背后的暗器所伤
这么多年，我习惯低着头走路
像一个解不开问题的孩子
对这个世界恐惧、迷惘，
又充满一厢情愿的热情和信任

风　向

城市很少大风，它们被楼群阻挡
但总会有风，树叶也总在抖动

看不透的事物太多了，听风声，辨风向
城市在埋首，规划它胸骨下铁轨的宽度
风在地上也在地下游走

很少兀立不动的事物
它们被风吹拂，随时调整姿势
以便在扭曲变形的镜子前
理清散沙和出头椽子的辩证关系
权衡鸡蛋碰石头的后果

对一场冷锋了如指掌的时候
人群彼此无语，假装昏迷
好让大地上的绝望
像一场透雨，彻底下下来

反　例

九驾马车也别想拆散尘埃们的团结
街头已混沌难辨
一些不分青红的决断趁势而出。
一年又快过去了
人群依旧遵循固有的流向
蜿蜒起伏，世代相传。
我隐姓埋名，在自己的故事里
修补被遗弃的花纹
在沉默的会场，向一枚落叶致意
从下行的电梯快速撤离。
大多时候，我的冥想大于现实
在你喝咖啡的间歇
我已对一枚月亮的夜间飞行做了了断
大多时候，我在坏脾气的人间潜行
河流有正道，我有歧途
星空有寂寥，我有尘世的一两声咳嗽
在逻辑正确的哲学里，我是一个假命题
真反例

石头·剪子·布

这么多年，无论怎么盘算
在这件事上，我们总是平分秋色
接收了差不多一样的惩罚
把拳头出成败笔是概率的必然

想起小时候，你说：我出剪子你出石头
长大后，我们都违背了约定
我出了剪子，你出了布
游戏而已，不必当真

有时，我会从心里左手做出石头的样子，
再右手用布覆盖，就像温柔包裹倔强

有时，我会伸出食指和中指
这不是剪刀，也不论输赢
它是幸福的二货
它是率性的呐喊

翻　新

不止是粉刷，搬动家具
也不是一个人的脱胎换骨
一间旧屋子，
从不曾取悦过谁
也不会随便扫人的兴
倒是我们自己，那些叠放、积压、陈旧的
需要时时翻新，晾晒

花朵在急速地坠落
一个行程的视野里
有背弃、撞击、施暴被施暴
世相翻新，灼伤的眼睛自成一个夜晚

每间屋子都需要新的颜色，不止我的
每扇窗子都需要一座烛台，用来点燃
有时会厌倦了思索，想在春天不停地行走
有时会盼望，一间旧屋子，被阳光撩开发丝
露出饱满干净的额头

一个人已看不见今天的花开

春天照例来了
一个人已看不见今天的花开
眼泪是亲人的
墓地是大自然的

少了一个人的电梯间

依旧挤满了同事
写字楼依旧忙上忙下
排挤，暗算，鸡毛蒜皮
单位大院里和平常没什么两样

一个人犹如瓷器
粉尘一样断裂。让我相信
一个人在漩涡里挣扎
除了自己，世界选择视而不见

那些证明她活过的光阴
显然不能再证明些什么
她像被尘世拧出的一滴水
湿搭搭地落进了土里

大雪初降

冬天似乎还没准备好怀抱
雪就来了
开始，它使雪融化得过快
伸手接住的，只是一滴微微收敛的泪水
现在，它调整了接纳的姿势
雪得以走进它内心的伤口和沟壑。
没风的时候，雪不会飞起来
只是急急地向下向下
仿佛得到谁的催促
那因寒冷而醒来的心跳。
此时万物都在原处并且伫立
静观一场雪怎样在大地上燃烧

大山里

城市人的脚步早已退化，攀爬的喘息
被山林接纳，又被山石析出

乌云，翻过一座山梁赶来
顺便把阳光和温度挡在了山外。
一些树舍弃了叶子，一些
则还紧抓着泛黄的命运。
沙棘繁密的果实，很像一个人的心事
除了小鸟偶尔的顾盼
大多无法触摸和安慰。
大地坚硬的脊背突兀如犬牙
嶙峋如皱纹
被熔化过，挤压过，搬运过
形成思想的峰顶和疼痛的谷底
而那些浸在水里的碎石，缓缓张开着毛孔
拿在手里则冰凉、坚硬，呈现莫名的纹理
仿佛一些我们不能参透的秘密
又仿佛我们体内无法消解的过往和潮汐

幽燕，本名王伟，媒体人。中国诗歌学会会员，河北作家协会会员。诗作在《诗刊》《诗歌月刊》《星星》《绿风》《诗林》《中国诗歌》等报刊发表，入选多种诗歌选本，出版诗集《诗的毒》。就职于河北电视台。

桃花静不下来（组诗）

路亚

花 语

燃烧起来了。
那么多痛饮甘露之后灼灼的红唇。
小精灵在舞蹈。爱在摇曳。
是春天得知春光短暂而无惧的
眼神凝成。
你一天比一天更大胆地献出自己。

我见过多少人在你面前哭泣，
后来又在你面前欢笑。
而我怀有一份隐秘的默契，如你所见：
我经过你的时候，
不伤感，也不过分留恋。

因你用枯荣向我展示着轮回的真相：
时间夺走的一切，
终将由时间一一带回。

心 酸

有了小秘密的女儿每天
用英文、日文夹杂着火星文写着日记
我的秘密是我看不懂也知道她记下了什么
暮色催我老的时候我已学会坦然接受
当她的懵懂和喜悦才刚刚开始

以后，就由我负责替她看
小时候怎么看也看不腻的星空、银河
替她读，那些脸谱和墙角的阴影
替她整理乱糟糟的房间。我变得脚踏实地
我小腹酥软温热的时候越来越少
但其实我的爱并没有减少
我只是，不再说多余的话吃多余的食物
睡多余的觉，认识多余的人
但人是复杂的，因此我望见——
喧嚣的街头，一个男人疲惫而专注的
注视让我心酸，他对爱情的欲念
让我心酸，并让我在瞬间就爱上了他

我们如此相爱，却藏不住忧伤

雪白的蹄子蹚过流水，一闪而过
秋阳便知天命，知去路
你看它又温暖，又冷漠

看着时间将自己的衣服快要剥光
我们也随之进入老眼昏花
你握着我的手说：一起努力

于是我们故意像两个婴儿
完全地信任对方，如信任他们
所见到的，任何一只乳房

桃花静不下来

我一直在等候一朵能安静下来的桃花
像等候一场海市蜃楼

桃花她总是静不下来
我抬头，她开在我眉梢

我低头，她开在我腰间
春风一吹，她的身子越来越轻
灼灼的火焰，只要一朵，就击倒了我
特别在夜里，失眠的花朵被月光照得雪亮
流线起伏的桃溪水在燃烧
我按住花瓣，试图使她安静下来
可是她如此充盈、激越
她不停地颤抖。她静不下来

她陷入一场场梦魇，忍不住叫出声来

改 变

花火刺眼，猛兽打盹
坐在仲夏夜之上
南面高楼，北面高楼
手腕上的伤痕在深陷的时光里闪耀
那时年少，难免固执、冲动
却爱得高尚
一朵野花就能解救
一颗毫无目的的涣散之心
当时间犁出一道道沟渠
死荫的幽谷，易碎的镜面
我一一走过
如今，干花也是花，腐叶也有香气
回忆是一笔越积越多的存款
我坐在这里，习惯了微笑

马

迅疾的马蹄
撞开栅栏，惊散一群小鹿

你当年的影子蓦然闪现

不在路上，不在墙上
不在你温柔忧伤的眸子里
月凉如水，也浮不起你的身躯

但我记得你扬蹄时的意气风发
记得你转瞬即逝的美
记得你掠去我目光的主人
记得自己的沸腾，长久的盲目

当你再次出现
河流、山川、田野……永在的一切
和我一齐醒来
而你一贫如洗的主人

仓皇弃下你
如同弃下，一段未果的爱
这个驾驭你多年的骑手
他早已没有了冒险的快感

而你，在爱的角斗中学会了逃避
我来不及起身，蹄声已远

三日谈

我的名字还沉睡在你的腹部吗
说实话，那年你撩开春色叫醒它时
我就隐隐不安。我去替你看过了
今年的三月比去年憔悴
如果再用华丽的辞藻继续赞美
比如结香，啊，结香；桃花，啊，桃花……
她们就会很快变成伤口
但夜色做了掩护，春风做了掩护
虚构的情节一年年重复
而我们如此健忘，如此轻信
坚持用幻觉确定它还存在

早在二月，伴我吃下春草的是你的眼
先我爬到山顶的是你的绿手臂
我还吃下了你的心，你的脑，你的时间
但这速食的年代，如果我看上去厌倦
迅即变节，请你不要见怪
那是因为，其实你也不过只用了三天
一天爱，一天恨，一天遗忘

露台上

月色加于我的
也加于你
我们把它当饭吃
直到，我们的身体变成它

银白色的波浪
遮住一切，又曝光一切
柔软，又叫人紧张

你种的月桂
陆陆续续飘来香气
葵花仙子手里捧着一盘银珠
站在我身旁

你说：过完这一夜
我们就用坛子封住月光
永远不去打开

失败的感情顾问

一万颗失恋的雨水
如失魂的朝霞穿过云层
穿过树枝
从窗外扑进我的卧室

滴答、滴答，每响一下
我的体温就降低一度
每响一下
我靠窗的半个身体
就潮湿一厘米
而我的另一半身体
却无能为力
窗外，风召集了树枝与树枝
正在热烈讨论这件事
它们也无能为力

路亚，居上海。诗歌、小说在各报刊上发表。诗歌入选各种
诗歌选本。获《西北军事文学》2015 年度优秀诗歌奖，2017 年
首届原则诗歌奖。出版诗集《幸福的秘诀》《一阵风吹草动》。

万物自有秩序（组诗）

阿雅

白　夜

我爱极了这个词语之内
以及她背后的光
抬头间的惊喜，是让我和诗歌
一个满身锋芒的女子，有了必然的相逢

青砖黛瓦
一丛兰花向夜探进
墙上的文字以及缀满文字的人像
她们穿过时光，朝向自由
让白和夜饱满，也让表达有了更深的诠释

四周的桌椅和书籍带着酒香
旋律里的台阶
让你不停地被暴力击打
被风暴带进一场遥远的相逢

色彩变幻，白与夜之间
越来越立体的声音，有了
渐渐清晰的未来

半开的窗帘

她一定和我一样，喝醉了
不知道自己几斤几两

敢于把对说成错，在半梦半醒之间
把一江水揣进怀里，然后
打碎

半开的窗帘，是酒的一部分
是我的此时此刻
是一个人在她习惯的生活里
突然脸红心跳
进深渊，闯迷雾，在一场臆想里
酣畅，把伤口一下子揭开

窗外要谁谁了
窗内再开一坛老酒
给半开的黄花喝一碗
还有我的城池，美人
八竿子打不着的已经习惯了的寂寞
让她们互相吵架，认领

我要忍住睡意
谎言，忍住痛哭
忍住，这一时，一世的寂静

解 药

有时是一块石头投进湖水
有时是一场雨覆盖了另一场雨

我喜欢给庸常的日子加进草芽
风，或者文字的河流
喜欢在身体迷宫里找出闪电、荒野
和石头

万物自有秩序
在打破与重组的过程里
我不停地醒来、告别、救治

群芳

057

将白和蓝加深
一些苦加重了甜的清晰

清晰里，再去拆一些词来解渴，来爱
比如梯子，苹果
比如悬崖，彼此
比如黄昏，大雪
多么好，这沉重的人世里
我们都还活着，并努力将自己活成
一剂良药

食　盐

这易被忽略和铭记的白
纵有江湖之旗
横有挚爱之彩
从一千零一夜开始
每一次晶体的析出，都是你我的伤口
和快慰
想说大海的蓝，说火光
说街头巷尾的气味
说人世孤独
泪水与生命的不可度量

丢失的杯子

她有着老虎的属性，春天的颜色
我喜欢看她安静地在桌子上
不轻易开口
喜欢她和我一样，顶着坚硬的外壳
听流水在身体里哗哗地响

要赞美离别里的温度么？人生
总有意外的相逢

再来一碗桃花酿吧
杜撰一个理由拿起，再轻轻放下
杜撰一个大海，让走丢的人枕着他的涛声

还没来得及告别
没有记下新的地址
没有做好倾斜的准备
太多的没有了，忽然的不确信
仿佛时光有了大段的空白

丢失的杯子，丢失的
酒故事，藏丁内心的荒芜，我的
冬天里的一部分
正被风，有一下没一下地
吹拂

这一天

我反复回到北方，回到你羞涩而深邃的眼神
也回到一滴雨水的回声里

我想找到遗忘开始的地方
在那里种一棵开满丁香的树
找到被风吹走的交谈
交谈里，我那颗囚徒的心还在安静
热烈地跳动

我离你很近，我徜徉在你曾走过的小路、河流
它们带走了我身体的一部分
那些甜的孤单的事物
那些苦着醒着的事物
不出声，不惊动它们，任由河流漫溯
火焰发生

这一天，我反复回到北方，回到你羞涩而深邃的眼神

我是满的，轻的
仿佛风轻轻一吹，就会醉去，就会碎去

聆　听

到处是旷野和河流
高山在鼓琴，一个孩子不停地和风说话
继续，谁的半生正在旁落
谁的流水，正被万物的嗓音托举
实际上，那些寂静的事物自有秩序
用旧的时光，还在一遍遍传唱
那些月光的手指
与我们相关的一些相逢、爱恨、别离
当然，金戈铁马还在
在东去的江水里，我要抱紧那些漩涡
也抱紧
我曾丢掉的，碎瓷上大海的蓝

黑　白

白雪和乌鸦
有时是可以互换的
就像别离与重逢，青丝与白发
我是怀旧的人，喜欢尝试各种远方
那些红的、绿的、蓝的过往
慢慢简单、丰富
成为岁月里的黑白

横　刀

一定有侠义心、凌云志
敢爱敢恨
冲冠一怒为红颜

也为手足、蝼蚁、天下苍生
还有项羽的乌江畔、关云长的华容道
风呼啦啦地吹，硬骨头
铮铮作响
不要小牵绊、泪满襟
要大江东流、风从日月
像青松
偶尔有针落下
也会成为山林、春天的一部分

过　程

把石头开花的时刻写进去
把认出风暴的大海写进去
把遗忘和热爱的眼神写进去
把不能说的秘密的痛写进去

我在听一张白纸上沙沙的声音
那些苦着的，醒着的，走丢的
那些明亮的，朴素的，带着铁的气息的
近的远的浓的淡的

喝一口美酒吧，请继续这幸福的旅程
继续风雨
在最后一班列车呼啸而过的时候微笑
在拥抱大雪的时候也把自己抱紧
抱紧我们短暂而缓慢的一生

阿雅，原名单宇飞，女，原籍辽宁，现居重庆。文字散见各大报刊，钟爱本真、宁静与诗歌。出版诗集《水色》。

揽 月 （组诗）

■ 唐月

空椅子

此刻，一把空椅子
就坐在我对面。
神色平静
黑漆斑驳的椅背
似在诉说着某人半生的
倦怠与无力。

我试想在这虚空与盈满之上
置入一只猫，一盆花？
抑或另一个人……
画风的频转令大捆晨曦
兴奋得痉挛。

猫在舔舐自己的洁癖。
花在开合它虚掩的体香。
另一个人在不停模仿
一把木椅的安谧。
而我始终不敢走过去取代她
坐进自己怀里。

遥远的饺子

皮儿是母亲用她磨光的唠叨擀的
馅儿是父亲用他钝去的沉默剁的

蒜泥呢，是午后爷爷用蒜臼里
打盹儿的阳光捣碎的
醋，是我用蹒跚的儿歌
一路从隔壁供销社打来的。

那时，饺子有饺子的味儿
家有家的样儿。

盖帘儿上饺子的方阵恍如
朱雀玄武、群蚁排衙
风箱一头，奶奶拉响悠长的黄昏
热气腾腾，大铁锅敞开大口
饺子们扑通扑通纵身跃入
柴火、羊粪上鼎沸的生活……

那时，两扇小窗含着远山
经冬不化的雪。
门帘敦厚，土狗愚忠。
冰花在玻璃上不停挑逗我
多动的舌尖和嘴唇。
我眼里有炊烟，身上有火。
心里除了父亲还没有
任何男人。

那时，没有春晚，没有诗
日子还是日子
年还是年。

中年之夜

中年之夜俨然已不存在
男人和女人。

耳塞是性别混沌的呼噜。
眼贴是两弯月的苍白

一眼上弦，一眼下弦。
所谓伊人，永远与你不在
一个月轮里转动。

中年之夜，睡眠很浅。
比睡眠浅的还有
白描的情义和水墨的人……
甚好。月色或许可以
就此打包了，在更浅的梦里喂食
一只流浪猫。

中年之夜只有两种人——
睡着的人和假装睡着的人。

揽　月

出浴的那一刻，你唤醒了
所有的眼。
给它们以光，以火，以水
以更丰满的欲望和绝望。

解放我的手
给它们揽你入怀的勇气。
再不抱紧你，我怕是要
空了。

这东南西北风呵
整宿在胸膛里游荡。
酒水的河流奔涌不息。
我呼出一个个滚烫的白日
体内只剩下一串
漆黑的长夜了。

我对这个中秋发誓说：祭台上
必须有你，必须有我们

紧拥的胴体。

有一千个恨死你的理由
我一个也不用。
不舍得用。都留给你
用来狠狠爱我吧。

雪　崩

没有恸哭过的人
如何听得到四壁回声如刀
切割玻璃，切割铁器。
如何看得见眼泪八瓣八瓣地碎
一瓣一瓣砸在枕上
从丝绸的鸳鸯腹部掘出
青铜的涟漪。

没有恸哭过的人
又怎会为这硬化的浮世
热敷以怒放如笑靥的棉花，热敷以
白鸽之羽，敷以云朵，敷以羊群
而后，闭目，缄口
以一场大雪的形式静静告白
体内漆黑的自己。

一盏春

整个下午，我将自己浸泡在
一壶渐凉的热水里：
蜷缩，舒展，翻飞，默默沉入
话语底部。

双目吸食，两臂对饮
通体充血、肿胀，受孕于一撮

绝望的思想。

任自己周身慢慢泛绿，生出春天。
啊，我还爱着！多么残酷而美好的
一盏春天。

此刻，若你也在这一泓春水里
我们该如何交叠我们
多汁多肉的肢体
才不致挤压、弄皱、折断彼此
脱水的灵魂？

它们才不会喊疼，不会哭泣
在抵达挑剔的舌尖时
才不至苦涩如斯。

守　黑

我只抵达黎明前的黑暗
与我一样黑的黑暗。
挂着自己失修的双腿
打着双眼——
两盏熄灭已久的灯笼。

我尤喜走山路
最好走在悬崖边上：
与道路一起慢摇或狂舞
听野花惊声尖叫着连根陨落
溅起漫山遍野瞌睡的星星
而后用脚掌——将它们拍打进
夜色深处。

停下吧，停下吧
隐约听得身后咳喘的风说。
痰色浓得够涂黑双耳了。

于是，我摘除体内所有的白
给那半个并不存在的月亮。

不可触摸

念你是一团模糊的星星。
几秒钟的眩晕后
我便倒在预设的睡眠里。
一睡千午，不曾消长。

还是那么长，我的手臂
不足以揽月。
我的呼吸
还差岁月一个长叹。

你总是在事物的末端
闪现。睫毛可及
指尖终不可及。

我代你抚过山冈
草根绿了。
抚过流水，鱼鳞醒了。

只是，我右手逗留的地方
左手已离去了。

唐月，一个热爱诗歌的女人。诗作见《诗刊》《扬子江》《星
星》《飞天》等刊及各网络平台，并入选《内蒙古七十年诗选》
等各类选本。另有随笔若干。现居内蒙古包头市。

湿画布午后开始倾斜（组诗）

■ 许燕影

湍　急

迷恋水域的人
必定爱着空旷和流动
是的，她有暗藏的羽和禅定的心

她在水边书写情书
逼出内心的空，倾听
她听到湍急，高于云朵低于水域

而夜退回深陷的黑
她未曾临近，最终疮痍满目
她在秋风里追赶着秋

一扇门就这样不经意打开
一扇门又被刻意关上
半生缺席半生误读
半生都在错过

风起，临水，
她总是错爱误读的苍茫

孤独棋

巴里桑木，马达加斯加彩石
鸟笼里的薄荷

阳光、初吻、远离海岸的旧船
华丽的孤独被高调晾晒

其实，这是局外之局
九曲回肠中辗转
如何回到最初
而横纵交错，所向披靡
谁又能成为终极之王
独守这最后的孤独

但他们说这是境界
三十七颗彩珠交汇冷艳之光
三十七个陷阱环环相扣
这越陷越深的沉迷
最持久的对弈，一出自导自演的哑剧

这是午后的心猿意马
一杯茶、一个人、一盘棋
这是我贪恋却触不到的虚无

自画像

她习惯把头仰起
沐着光，眼睛眯成小弯月
所有迎向他的都是明媚
日光、海水、一些微笑和呼吸

偶尔，也把背影给他
微裸着肩一点小性感
有时俏皮地抬起脚
躲闪浪花的亲吻
其实，她多么深爱
海潮退却时，沉沙在脚底缓缓地流

这时候

她把弯月悄藏，迎向岸
满目盈光，她终于忍不住
忍不住说出了空
一颗飘落的草籽
没来由的欢喜，一点小痛惜

贴着夜，她和时光拉锯
无法梳理的分行
一些不曾说出的忧伤
这流火七月，城市和城市的距离
演绎着云端的心情

她多么欢喜
欢喜这越来越多的小记忆

风过时必将再起涟漪

目光蓄满烈的柴火
星火却熄灭在欲言又止的瞬息
寒意凛冽，远方再远方
我知道虚妄苟存残余的气息
冬已来临

而雾起时
再一次梦遇水流
风摇曳，两岸芦花轻漾
握不住空盈，南之南方
岛屿暮色掩不住清冷流光
心中寒意凛冽

慢下来且慢下来
不为持续苟存的残梦
但欲言又止瞬息
这迟疑、笨拙和慌乱
为什么夜夜失眠

虚妄中止不住怀想

且不说心如止水
风过时必将再起涟漪

菩　提

为转世献祭，匍匐囚禁
剖出内心荒芜，贴近大地
不存在的花朵，虚无张狂
或许，一世宿命轮回
只为一场修行中的觐见

我也转山转水
左手写下流年，右手写下沉沙
内心纠结于乡情和故土
也曾含泪细数雾岚、河流、历经的草木
但命运之轮一路推转，向南再向南
沧海桑田，难道也为千年一梦

冷月恒常，疏影璎珞叮当
梵音悠空中猝然相遇
凤凰依约涅槃，谁还执念
这红尘浮华，娑罗香中粲然

要怎样的禅定？才能端坐莲台
一场修行的觐见，一世宿命轮回
或许吧，或许千年一梦只为心中菩提

爱上玉兰

触碰了玉佩之冷，匿于尘
凝脂般纯白趋于暗淡
疏落中秋风刺痛了眼

是的，我见证过凋零
香消玉殒，流水的薄凉
不以风的风向定夺

安于冬，你仍是四月的精灵
泅渡中等待轮回
一次又一次沉落中重生
这是剧痛着的二月，辽远悲伤
激醒的枝丫空洞中举向天空

但春意迟迟
你总是先于绿叶占据枝头
回眸间凝成琥珀，这纯白
一夜银光覆盖了明月
突兀、耀眼，我急促的脚步就此停滞

风继续吹，远方的远方
河流、旷野持续惯有的抒情
就是今夜，我开始爱上玉兰
爱上了泅渡的往返轮回

月光一碰就碰伤的疼痛

滥用了灰烬色泽
抵不住夜幕一点一点晦涩
白月光试图覆盖
那时候，你在海边歌唱
细软的沙，柔的波涛
怀抱心事忽明忽暗

海天一色锁不住天空
灰烬蓝一经出口
心中岛屿便开始倾斜
夜的暗语多么不安
海潮开始汹涌

向外辽阔再辽阔
忧伤、超度，岸和距离
搁浅的水草
越来越卑微的沉沙
怀抱月光，你的歌声开始暗哑

什么都可以轻下来时
再不轻易说蓝——
热烈后的灰烬，坠落前的深渊
一些月光 一碰就碰伤的疼痛

　　许燕影，福建晋江人，现居海南海口。中国作家协会会员，海南省作家协会理事。诗曾获奖并收入各种集子，已出版诗集《轻握的温柔》《我怎能说出我的热烈》及随笔集《燕影的天空》《踏花拾锦年》。

鸟鸣花啼 （组诗）

▌舒牧音

鸟鸣花啼

黑沉沉的原野，一朵
小花冲破被厄运不停追赶的命运
从骨心开始
朝四周膨胀，膨胀
无人所见的美丽，就要打开了

天空灰蒙，星星们和人心一样
回到久违的身体。万物
尚在沉睡。一朵花她到底依靠什么力量
让周身一切人世所能感受的美
朝着心聚集。她舒展软绵绵的花体
先是将骨蕾里一瓣叶展开

她柔软的只有花朵本身才能听到的啼鸣
在我身体的原野响起
比起黑暗，黎明时一股暗沉沉的力量
最后的迫近更能消解人世污浊对她造成的不适
她无所顾忌地将身体另一瓣花打开

于是，我的耳边就有一声接着一声的柔软鸟鸣了
一声鸟鸣，就是一瓣花温柔地开呀
父亲院子里，那条我信赖的老狗
它低沉的吠叫声将黎明的天空猛然掀了一个口子
无数的光线流落
将她柔软的啼啭压得更低

我总是惊讶，一只小鸟
是怎样将自己的声音转换成一朵小花的燃放
我身体的原野传来声声柔弱的啼鸣带动众花开放了
暗沉沉的波涛推送她燃放声音更低
带动树梢战栗的叶片向大树周身扩散

一棵树和一条老狗同时发出
沸腾的喊叫。海也咆哮着苏醒
在我体内翻涌出波涛阵阵
阳光从我居住的这间朝南的房子窗户透隙而入
想起你，也曾在我身体的房间破门进入
我没有来得及发出一声，鸟鸣花啼的轻哭

草木根

我有树的枝叶根茎
煤的万年孤独
我是流汗的手挖出的一块块
沉金。日光下向需要者亮出
浑身剑芒；竖起来是草木形
燃烧为煤。
火炉做胸膛
每天我只有像煤块丢进胸膛不管不顾自燃的时候
我才是我。

当我把身体交出如老树倒伏大地
根茎深陷囹圄，慢慢腐蚀。
与人世一切美丑隔离。
这么多年过去，我化成一块块煤石
投入胸膛这炉旺火
尽管我知道，煤和胸火互燃是将一种孤独
推入更彻底的孤独
可我只想人世大火燃得再快
再简单、纯粹些。
我残留的生命碎屑挂在炉火胸膛内唯一一颗

透明心旁；我黑色的眼睛装满煤火
枝叶与根形成一种疼痛的黑
生命的硬底在煤质层像花瓣柔柔打开，上升或下降
抖落一世晶白，完成生与死交替。

我在薄情的世界厚埋多年；在地壳最深洞底
黑得如此伤悲！也许我的生命是一块燃尽的炭金
也许被拣出堆积
成一座废弃的矸石山，黑得太久
生，已不在命里
才得以像煤一样继续。
也许我前世根的腐殖质对于今生被归纳为一种暴力美
推我进入，更深的孤独层
我需要将火完全交出。

风中紫薇

我面前有一团团粉紫棉被
铺成的暖床；她是我时常伤悲而无法
看到的光明摇荡在清晨。
她有温度的轻盈瓣体
和因万事厚重努力上抬的臂膀
使我需踮起脚尖，鼓足勇气
才能和她说几句
心里话。我要扬起面孔
才够得着风中一株紫薇
最低沉的凝视。

我的脸颊和她娇颜
就要贴一起了。我需要和她来说一说话
我的爱，苦累；她的紫润，无瑕。
我需要最高的仰面才能够
和她最低处平静的凝视交缠。
她风中晃摇着头颅，对我的目光报以答复。
我看到无数个小仙女乘坐她柔软瓣上仿佛

童年被母亲高摇荡上
又飘下的紫秋千。

此刻，我便是又坐于秋千
睡到了花瓣床。我急切地渴望和她同眠
在一株高高的紫薇树下
阳光使她和我的身体达到一致的喜悦与颤抖
一阵急促的鸣叫翻过老家的院墙
鸟儿啄雪的嘴，啄开阳光
水一般流在我们，紫色秋千——花瓣温床

白陶罐

这曾插满康乃馨和野百合的白陶罐
如今空了，仿佛我被人世苦难和香气
一起掏尽力气和味蕾的身体，那么地空了。

我想带着它，永远地我抱起它
这只陪我走过那段最美好日子的白陶罐
为什么我将它放在水台旁的地面！

我荒凉多午的身体
多么像这只没有鲜花插绕，只能被
放置一旁的罐子。它的脖颈优美地朝我伸出一方圆口

我抱起它，倒出昨夜落进它肚腹里的雨水
擦干它因雷电鞭打而疼痛的身体
将清晨我搜集的所有鸟鸣花啼，装了进去

月光羽簇

有鸟，就有树。
或者说，有树木在，就有
鸟儿飞入。

我已经没有可振动的双翅了。可还是
想像一只鸟儿
去体验树林和飞翔；听树头花丛
年轻的植物们，窃窃私语

花木上绽放的玫瑰眨眼便老了
我星星般的泪珠
是水桶边粗糙的盐留下的

我已经没有玫瑰的爱刺了。
我的身体是一座
黑森林，它因为只长一朵叫月光的花朵
叫人又着迷，又心碎

我已经没有展翅欲望了
这个夜晚，树木黑暗的嘴
伸入鸟披着月光的，最后羽簇

调　色

所有打动人心的词语
都来自心间。
我知道，"远的灯火，近的灯色。美好又温暖。"
她是从一片林子里长出来的。

只有我知道，树木在黑里所向披靡的往事。
只有我坐在黑里，孤独地绽放和萎落。
唯有我，在黑里待着。我每天
都是这么坐着。这么不停挥动笔调出光。
如今，我怀抱这些词语寂静坐。一列动车
从我身体里疾驰而过。

还有什么没有说的。我想说
我渴望树的内部生长的光会遮蔽人世所有的光。
我渴望林中开出唯一的花朵叫月光。我渴望

我们在黑色里吐露的词蕾
顺着黎明一丝光
攀爬。白天她还没有盛放。
她无法盛放。
又一个夜晚。

我们在黑里纠结不停的雨水
爬满双腮。
我们撒向大地的漫天叶瓣
产生于这个黑的夜晚！
如此多黑的组合，是我献给这个人世一个叫做爱情的词

找渴望一片树林口含全部花而从不落下。
在我无法打开的"调色盒"里
是你让我懂得
"英"也是花，黑也是光
我在体内调和"远的灯火，近的灯色"

这些都是你多么
温暖的给予。一想起你
我心口涌动比列车疾驰更持久的温暖
我体内的笔
调出人世唯一的颜色叫月光

舒牧音，本名郑海英。又用笔名冬语、冬羽、牧音。河南博爱人。
作品发表于《山东文学》《诗歌月刊》《中国诗歌》《河南诗人》《北
京文学》《西南军事文学》《散文选刊》等。获中国第二届网络
文学大奖赛散文奖、忆石文学奖小小说二等奖、首届《读者》（原
创版）真情征文大赛二等奖。著有散文集、诗集等。现居河南焦作。

黑暗把崭新的一天交给我们 （组诗）

▌马兰

鸟鸣洗亮的清晨

那鸟儿，必然是站在高处
必然是含了露珠
一声鸣叫，黑暗降下一寸
一声鸣叫，宁静的湖面开出花朵

这可爱的精灵
它见证了神性的光辉——
隐去的万物正悄悄显现

这弱小的生命
因肩负了使命而雀跃，而欢欣，而鸣啭——
让尘世，一个失声很久的人
竟然暗暗叫出了声

一场大雪

这奔赴，无声而浩荡
无数的勇士用身躯铺平了来路和去路
与恩人诀别，与仇人决战
花落处……
一切都已结束

一个人走在大雪中
仰起脸，读天地间这封长长的信

满脸泪痕

一切还未曾开始

天下大白
雪人在大雪中合掌……
把羊群赶到最绿的草地上

万物爱我

我说：大地是爱我的。小河哭了
我说：天空是爱我的。细雨落下来

清晨，黑暗把崭新的一天交给我们
作为早起的人
我比别人多得了一部分

万物爱我
我像孩子一样活着

吹　拂

墙根下晒太阳的老人
晒着晒着就没了
阳光依旧照着矮墙
照着矮墙上的枯草
一段时光就此停住，不再移动

忙碌的人们依然忙碌
偶然有经过那里的人会看到一个身影闪现
或者，在夜里见到一张生动的脸
过不了多久
他也会轻松地越过那矮墙
重新跟上幸福的队伍

只有阳光还在照耀
只有风不断地吹拂

月亮照着……

月亮照着沉默的土地
照着节日里欢乐的人群
人间又是一年

月亮只是安静地照着
一万年前月亮就是这样照着
照着一张张相似的脸

一样的——

在春天，路边的白杨树像个孩子
刮一场春风就长一片叶子
喜欢上一个人就长一片叶子
每一个晴朗的日子它就疯狂地长叶子

而今，大风吹
那些叶子在风里翻滚
在土里翻滚
在火焰里翻滚

在秋天，我和那些光秃秃的白杨树是一样的
我们一起眼睁睁
看着风一点点吹散了那灰烬

看不见的大风

谁令我来到这异乡的小城
每天走着同一条路

谁在小路旁种下了紫叶李和红果冬青

亲人们都离我很远
无法猜想雾霾下我匆匆没入人群的身影
是谁让他们固执地相信，我一直是幸福的人

看不见的大风摇动着空空的枝条
看不见的大风吹送着我的命

当我还在十字路口发呆
是什么已先于我启程

枯枝上的庙宇

叶子的潮水退去之后
搁浅的鸟巢显露出来
冬日灰色的天空下
它们如发呆的眼睛望着北方的荒野

裸露的枯枝，这枯枝上的庙宇
你如何相信，是它们
制造了飞翔，制造了鸣唱
保留住寒风里陡峭的故乡

流浪的孩子数着鸟巢
严寒里
找到了那么多的家——

静如青草，绿过荒地

我想收回所有我说过的话
像大风收走落叶

一场雪覆盖了雪地上杂乱的痕迹

像一个人有了干净的后半生

那些被说出的都是风里的尘埃
风吹尘埃，一切终将散尽

终将散尽……
静如青草，绿过一片又一片荒地

就做永不开口的石头吧
风来了，既不点头也不摇头

像星星
在天上，在黑暗里，眨着眼睛

众　生

那么多的生命从尘世里抽身
寺庙里
众生伏跪，如尘埃落定

佛光照临，风停止了吹动——
那也只是短短的一瞬

命还要继续
花落了，就结苦苦的果子
风起了，就哗哗地落下叶子

羊群依然苦恋着鞭子

月光，只落在麦子的芒上

麦黄——
微风吹送着暗香
麻雀安享富足的日子

布谷鸟藏在第三棵树上
一展千里，这胜过秋天的黄
是我随时可以抵达的故乡

月光不再照我
只落在麦子的芒上
苍老的父亲忽然生出水波的心
沉默也是柔软的梯子
此刻，我们坐在宽阔的屋顶上

那些缓慢的生长

那些缓慢的生长
你看不到

不是麦苗一天天长高
树叶一天天长大
青青的草色一夜间翻过了山冈
而是果实一日日变甜
枝条一点点变硬
秋风里又多了几枚钢针

是一个中年人的沉默
越来越深

马兰，中国诗歌学会会员，诗作散见于《诗刊》《星星》《中国诗歌》《诗选刊》《诗探索》等报刊。获易水诗歌奖、荷花淀文学奖等奖。

花样的年华（组诗）

朵拉

花，刺透了暗藏的幸福

无力还击，当尝到一枚甜蜜的果实
一个秘密正不停膨胀着，夏天是迷人的
为什么回避了春天
温驯的小兽被一双温柔的手
安抚过，你应该明白绣花针下的花朵胜过摇曳的妩媚
手指触碰的地方
飞出一个夜

——梦用来收集雨露
用来锁住一个身影，上面挤满了
青春的颜色
恍惚不定的火袖手旁观的火都将一一熄灭
只有滚烫的名字
打碎宁静

烧起来了
红占领了感性，迎上去
发现固执的月光
照下来

秋，推门而入像一个故人

八月，隔着门
道出家乡话，如果你的声音能够染上颜色

会不会是金黄的
——成熟，我钟爱这个状态
花朵结成果实

需要移开障碍物
门，松开口
为了更加靠近，我交出备注
一个人，一个地名
一个白天

梦语不断
一个秋天仿佛失控了

孤独，越来越陈旧

看不见黄昏的尽头
找只与一个果核分享雕琢的过程
细小的沙砾摇摇晃晃的
一副动荡的马鞍
正在贯穿记忆，无色无味

无欲无求，"脚下飘落着异乡的微笑……"
许多日子已经打成包
大地与天空
被缝合在一起
而喉间，哽着一声鸟鸣

隐居在果实内部

秋色正浓，她想做的
却是将人间事酿造成可口的甜蜜，从温馨的
小木屋里出来，所有的感念都布满了生机
每一个回眸
都能发现拨动心弦的手

回想一下，顺着晨光，或者沿着暮色，她会闭口不谈
枝头上剩下的身影
……一颗死心塌地的心
一直未曾摆脱热情的九月，当花朵倾向结局
她拒绝模仿相似的人生

不如将一朵玫瑰
藏起来，提及它的方位
她允许使用月光引路，腾出身体的
一部分
分辨勇气

潋滟

昨晚的月色一定不如今晚的
我把自己俘虏了，我目睹走上台阶的人
——如果用词陈旧
解除关联吧，我得到风的赞赏
看，柔软的骨骼

哪里有沉默
过滤它们，快看过来，谜一样的花种
有粉嫩的花蕊
有温润的唇，淡淡的香呀
在坦白中引诱，不要浪费了爱
我不愿
仓促地老去

安静下来

要阻止花香的扩散，要让一个日子
呈现出它的微不足道
像她一样。削弱季节的甜蜜
只身在低处

不被惊扰

不再放出春天的蝴蝶
素洁的面容可以用来遗忘
——不需过问，这是一个怎样的朝代
她栽种下美
同时，淹没于美

沉思用来止痛
别为一幅春光图争执了——
她遵守暗灰色调，为一个影子
分担忧愁

最后的情节

夜幕覆盖下的草原
失去白天的沸腾，星光用来出神

篝火用来找回迷路的羔羊，走漏的风声
已经溺水而亡了
她对着脚边的影子
说，不——

小草挠着手心
一堆杂乱无章的足迹，是一个梦游人
留下的

她握住火的温暖，看起来
像握住了整片草原

石榴花开了

笑，是若隐若现的
诧异什么？艳红的花瓣托举着明媚

是的，她在铸造幸福
——内心的十万亩良田，无穷无尽的善良子民
平凡，纯良

给她深邃的眼睛
丰满的热情，从夏日的窗前投递赞美
说，花容月貌是天生的
说豁达的情怀，也是天生的

春天一去不复返了
她一言不发
不是沉默，她命相属火，只等虚掩的门
敞开

从今天起，我要放弃一颗空洞的心

交汇处是一个夜晚
灯盏兀自亮着，它在渗透前来道晚安的人
光投向门，门外堆满修饰
但是，不需要隐姓埋名
依赖是顺理成章的，我不会
拒绝，在空缺的位置
布置花鸟虫鱼，一个长满了水草的地方
一则预告
一部解渴的故事
由喷泉表演，音乐剧传播着美意
——季节之上，形影荡漾
为什么我会不由自主地

去推那一扇门——
果实坠落前
花刺在等勇敢的人，这并不伤感
我承认，略有水土不服

我不会拒绝夜晚暴露柔性的一面

把我看成唯一
一朵只在春天里绽开的花儿，作为征服
你的不可推翻的理由
如果失去退路
不可以回头，如果临摹的枝叶
同样能够识别斑斓的季节

一页页地
制造铺满芳菲的路途
我的神态自若
如油画上的女子，一天，或者一夜

点头的身影出现在灯光下
——向前靠拢，不愿离去的人
正插着花

朵拉，本名程勤华，居上海。诗作散见《诗刊》《诗歌月刊》《绿风》《诗潮》等文学期刊。诗作入选《常青藤》10周年特刊、《诗品2014短诗200家》、《后天》2005-2015十周年纪念专辑等选本。

星星躲在云里边（组诗）

｜祝雪侠

钱塘江的夜晚

如此迷人
钱塘江的夜晚
波光粼粼
伴着璀璨的灯光
这会可以写诗
可以对着海面大胆想象
清风一缕
秀发飘逸
梦幻杭州星光点点
很想畅游
让灯光一起跟着漂流
江面上的小船儿荡悠悠
那束光一缕一缕
有些穿越
水面仿佛穿上了美丽的面纱
我一个人陶醉独醉
我看着江面
水看着我
呼吸深呼吸
清风拂面
今夜如此迷人
没有方向感的我不会迷路
来杭州多次
第一次在宁静的夜晚
一个人走走

看看美丽的夜景
看看美丽壮观的钱塘江
此刻
我感觉神清气爽
心情愉悦
想倾听一朵浪花的歌唱
可是湖面
和我的心情一样平静
不舍离开
钱塘江的夜晚美了醉了
让我在梦里与你相伴

像一只彩蝶翩翩起舞

起风了
瞬间裙舞飞扬
采风的朋友们说
你的纱裙像蝴蝶仙子

在风中飞舞
瞬间大家拍照
互为摄影师
一个姿势

风将纱裙飘起来
精彩一瞬间
这张照片
我喜欢

她让我有了心所向往的自由
与浪漫
轻歌曼舞
与那时那景融合

像一只彩蝶翩翩起舞

停下脚步
看风起云涌
感受生命的灵动

当我老了

当我老了
头发花白
依然也要做
优雅的老太太

当我老了
青春不在
依然也要美丽
像风中飞舞的蝴蝶

不管岁月如何改变
时光不老
对生活的热爱
依然不减当年

我那些美丽的纱裙
梦幻一样的色彩
让诗意的人生
光芒万丈

那束绿光

相约不如偶遇
缘分一瞬间
天然的亲切感
说不清是否曾经遇见

没有月光的那个夜晚

星星躲在云里边
你发现是路灯照亮了绿叶
眼前一片璀璨

我说那束绿光
照亮了我回家的路
你说那束绿光
照亮了你的心

此刻的愉悦
是心灵洒落的一个传说
那束绿光
让爱与阳光迷人芬芳

清晨第一缕阳光

推开窗户
第一缕阳光
洒在钱塘江面上
画面里
三只小船儿
荡悠悠
江面上
波光粼粼
好美的钱塘江水
似一幅画
像一首歌

牡丹花开的声音

牡丹花开
富贵情怀
北京看牡丹醉美植物园
是花儿芬芳了整个春天

那景山牡丹花海
五一前后
牡丹绽放好时节
五颜六色的牡丹
怒放在春天里
各种名称的牡丹花
盛开在牡丹园
不管是红色还是粉色
黄色还是白色
都如妩媚的少女
真是婀娜多姿
形态各异
躺在牡丹花丛中
倾听一朵花开的声音
看蝴蝶飞飞与花儿共舞
我陶醉在花海
想将花儿的身影永恒
牡丹花开
你是我生命那缕
璀璨的光芒
我的心被花朵淹没
找不到来时的路
蜜蜂蝴蝶与花儿相伴
我躺在花丛中
看花儿幸福的模样
倾听
牡丹花开的声音

发现美的眼睛

清晨那缕阳光
夜晚月光如水
生活中遇见的那山那水
四季轮回
看花开花落

听涛声依旧
看晚霞染红了天边
倾听窗外鸟鸣
看浪花朵朵
被大自然赋予人类的神奇
而感动
喜欢一花一草
爱我所爱
亲人、朋友
生命中所有的遇见
都是缘分
缘深缘浅都在一瞬间
热爱生活热忱工作
将一切美好时光
珍藏在内心深深处
深深的话
我们浅浅地说
长长的路
我们慢慢地走
生命的高度与优雅
是学会感恩宽容与理解
做情绪的主人
快乐在心

祝雪侠，中国作家协会会员，第七届全国青创会代表，鲁迅文学院第十九届高研班学员。现为中国作家协会中国诗歌网事业发展部总监。先后在《中国作家》《文艺报》《诗刊》《绿风》《山东文学》等报刊发表过诗歌、散文、评论、报告文学等近百万字。已出版诗集《雪舞花飞》、诗歌合集《文心中国》、评论集《祝雪侠评论集》，主编文学作品集《楚韵南漳》。

总是错过一些人一些风景（组诗）

总是错过一些人一些风景

七月，不想错过草原浓稠的绿和随意的远
所以，举身前往
用昆虫的方式，用蚂蚁的方式，甚至用了梦的方式
陌生与陌生化出新义
那些初遇的面孔，借助
草原的名义，展开异域的话题
窗外，庄稼越走越少，像接到了撤退或转移的命令
我怀疑自己转到了田野的背面，家园的背面或者
陌生的自然背面

草原的轮廓，薄薄地摊开
谁这样惜墨，让一幅画如此清淡，有意无意的样子
又好像一方薄如蝉翼的绿丝巾，晾晒在丘陵的起伏上
我心下落，落进灰色的土层，那些更细的泥沙
老到地打量，这个陌生又苍老的远客

你打来电话，说是去雁窝岛，我这只燕子
一直没去过的雁窝岛啊
让我又一次错过
错过另一些人，错过她们一同演绎的另一些风景
我只好进入草原的深处
找到另外一些羊群、马匹以及
奶茶和酒，与天空、大地、牧民对饮
与遥远的错过对饮

群
芳
098

相遇和擦肩有注定的密码，有些等待和期许
注定会在另一次相遇中闪现。而此刻，我将抓住
时光的缰绳，在久旱的草原上，用虔诚
祝福每一棵草，每一粒没有长成草的草籽
愿它们在另一个春天，重新长成草的样子，长成草原的样子
长成风吹草低、牛羊肥硕、琴声悠扬的样子

在达赉湖

水的箭弩又射回水
那些赤手空拳的人只想在
一块刻着"达赉湖"的石头旁
留下倩影，然后躲进传说
此刻，还是让雨再大一点吧
眼下，草原太可怜了
起伏的雷声溅起无数的沙尘
所有的雨滴，无意间，看见自己前世的疤痕
不要着急离开，这些带雨的善良之人
让雨再多下一会，让路暂且休息
让闪电，为自己的懒惰和不公赎罪
让那些彼此松手的草
能重新够着彼此的指尖
一舞水袖，再舞经幡，甩起湖畔一弯
水灵灵的彩虹，让一季悠长的琴声
在心头，长满绿茵茵的水草
长满哈达和由远而近的马蹄之声

缺少露水的草原

走进呼伦贝尔
我就把自己走成一棵发黄的秋草
但我和那些草互不相识
母亲说过：每个人，都头顶一颗星
每棵草，都头顶一颗露水

我一直坚信这样的至理名言
可草原的露水不肯见我
甚至不肯站在干涩的草尖
我跪在草地上，向苍天祈祷
祈祷一场仁慈的雨水
祈祷万物繁华茂盛
祈祷草原回到真正的草原

海拉尔的灯火

作为风景，海拉尔的灯火
就是海拉尔的一个梦境
在草原的腹地，在水草肥美的区域
有一些先人定居下来，起初用寥落的酥油灯
点亮夜晚的三五米草和牛粪的亮度
然后是越来越多的灯火，向灯火靠拢
一种精神的栖息，一种疲惫后的安静
一个梦聚集后腾空的牧场。后来定居的灯火越来越密
就有了城，海拉尔城，在祖国的版图靠北的城
时光是灯火明灭的记忆，是无数次的重新点燃
海拉尔河、伊敏河、额尔古纳河
这些草原的经脉，草的根须
也养育了海拉尔奶茶味道的灯火

心经过的地方

在低处
阳光落在阳光上，还是薄薄的一层
那些阴影像一把铁锹
想把阳光的暖装进袋子似的
就像当年父亲在场院
用铁戳子装起整个秋天的豆子玉米
我和弟弟挣好麻袋嘴
一戳子又一戳子，六戳子就能装满一麻袋

父亲的汗珠比豆子还大，一串串被寒风揪走
我的心一阵阵在豆子里打滚
时不时沾上沙粒
那些年
我们都用心走路，用心生活
心经过的地方，开满朴素的花朵

草戒指

季节婆娑下来
蛙鸣和虫声登上发光的舞台
谁，躲在许多年前的幕后
安静地坐在草丛里
截取一片草叶的鸣叫，然后
轻轻折叠整个夏天的寂寞
一枚草戒指环在食指上
拆解光阴的隐义
好像无边的田野、草原、天空还有飞鸟
都被这枚戒指环住了
扭来转去，更加贴切
从左手到右手，从日出到日落
草戒指未曾迷路
那年月，天空干净
云朵干净，风干净
整个童年更是干干净净
一枚干净的草戒指，在记忆的手指上
磨损着时间剩余的光芒

月光在瓦上流淌

焰火和霓虹于民间闪烁
月光也在瓦上流淌
恍惚间，有隔年的瀑布
无声坠地

浪花的胡须
被月光唤着牵着
往远处走也往心里走
这样的一个夜晚
一声祝福守在窗前
被瓦上的月光
悄悄带入乡间
草尖的露水比星光还亮

大顶子山

伊克堆累山
或者老牛顶子
我们不只为单一的攀援而来
一个人的登顶是一颗心的高度
一群人登顶是一座圣山的雄伟
白云飘过
秋风镂空了绿色
歌声飘过
思绪浓稠了赫哲乡
一座山要讲述的每棵三叶树
都举着并慢慢讲述
800 米不高也不低
另外一米
让三脚架挪动最好的日出
帆影如犁
蓝天在一条江里寻找自己
我在大顶子山
哼唱《乌苏里船歌》

连秀艳，1962 年出生在黑龙江省宝清县。黑龙江省诗词协会会员，中华精短文学学会会员，双鸭山市作家协会会员。作品散见于《诗选刊》《星星散文诗》《散文诗世界》等报刊。出版合集《大事小说》《行走的风》，个人诗集《时间的遗址》。

天空晴朗而宁静（组诗）

■ 关燕山

立 春

二月的燕尾掠过天空
世间越来越明亮
风信子自檐角跌落
一串串美丽的哨音

寂静的湖水漾开
一道道涟漪。冬天已往
雨水如期，杏花不误
万物已鼓起风帆，蓄势待发

在春天
你要像柳丝一样轻柔
你要有鸽子一样的眼神

四 月

春风一泻千里
桃花，樱花，海棠
一路荼蘼。花瓣似雨
落于风中，寂静无声
随流飘逝

春将尽
我将踏遍江南，于白墙黑瓦间

赏苏堤春晓，观柳浪闻莺
会稽山下，将半生浊气
消弭于一声长啸
与同道之人，醉于曲水流觞

在四月
我终将疲倦之身
带回故里。寂寂如水墨
春天在我的笔端
淡成离人，渐行渐远

居　所

天空晴朗而宁静
门前的湖水闪着微光
临水而居，梅则屿之
竹则林之。小木屋整日无言
白杨树上的两只喜鹊
一个筑窝，一个捉虫

如果你来
就携着一袭月光
我们闲饮东窗，促席
说彼平生
琴弹出绝响，墨研出恣意

如果你来
就趁着日暮时分
我们倚靠柴门
一起听远古的蝉鸣
在时间的洪荒中
辛夷花寂寞地开着
不知道今夕是何夕

回想一生的事情

不欠人情，亦未世故
与友交，则披肝沥胆

九月在户

秋日静美。天空又高出几分
女贞树从容结果
槐树叶静静飘落

万物仿佛静止。停滞为迷人的湖泊
天空沉浸于湖底
明亮的色泽短暂
飞鸟般转瞬即逝

收割后的田野
有你无限热爱的琥珀
矮树林弥散着松脂的香气
秋天的房檐，你爱的草虫
八月在宇，九月在户，直到十月入你床下

季节的星辰变幻着人世
她苍凉的手指闪现
沃野千里的一片月光
仿佛梦境，神降临的旨意

胥　门

那时，我是燕国的女祭司，
来到吴楚之阊门。
太阳就要落山了，
我要唱一首子夜吴歌。

那么远。那么远。
硝烟和战火，

归于平静。

那个叫夫差的人。
那个叫子胥的人。
变成了城墙上的苍苔，
泛着往昔的爱恨，和悲歌。

我是燕国的女祭司。
我头上的星宿，变幻着
沧海和桑田。

女　贞

多么美好的一天
又一次与你不期遇见
你的头顶有恰到好处的蓝
阳光落下金属之声
有麦芒的尖利，光闪

朔风凛冽
你的叶不落，黑果实
是我此生要表达的内涵
安静的坚贞蕴藏着火焰

莲

一定要在八月最后一天，落日之前
走向你

你尚未凋落
静若处子，星星般遍布河面
如翼的梵音

我，女真之后裔

将莲花拓在小腹，后背
在浊世，慷慨弦歌
踽踽独行

小　雪

雪很小，有些羞怯
像一个骑着瘦马的人
在异乡游荡
细碎的花朵虚无，落在
原野，古道
寂静的白，闪着幽蓝的光

仿佛一个送信人
专程送来遥远的消息
说南方的雨水丰沛
孤山的梅还没有开放
说居心叵测的人
悠然见到南山
在南山的寂静中
安放我的不安
这相遇，让我相顾无言
想到故乡

关燕山，满族。河北唐山人，现居石家庄。喜欢史书，喜欢
有风骨的文士、隐士。崇尚简单、自由。诗作散见《诗刊》《山
东诗人》等刊物。

我迷恋被击中的瞬间 （组诗）

骑　士

多少年了
你被蜂拥的人群围住
偷偷地触碰
流连你的人越来越多
来自不同的种族

遮蔽你
或许勇猛
或许冷酷
或许是老泪纵横的脸
你是守护者
不容许有疑似软弱的表情

没人的间隙
我仰起下巴睨视
做出性格里匮乏的
威武状
有你在
我也需要，所向披靡的时刻

你对我
始终像空心的躯壳
我用想象填满你
然后当偶像来发着低烧拥戴

江山已老
河流已枯
这些都不足以让我揪心
我的骑士啊
我只是不甘……
我以谦卑和誓言
造就你的英气
你却用它
倾倒众生

我爱经过你的事物

我爱经过你的事物，比如
你撩过的水
写出的字
摸过的绸缎
注视过的色彩
赞美过的阳光和雨

我甚至爱上了，想你时
淬出的火苗
抹出的泡沫
错过的路口
剪坏的花布

是你滤出了我的美好
帮我完成半成品到成品的加持
让我成为一颗能发光的微粒
你的魔法
来自将地轴撞歪 23 度的神秘星体

我本来更爱荒无人烟的山峦
因为你
我爱上了庸俗的尘世
我甚至爱上了

因你而起的梦里
千篇一律的无实物练习

我甚至
爱上了自己

备忘录

我是一个心软的懒人
喜欢收容无家可归的汉字
然后让它们牵着我走
一路上，它们蹭我，我蹭它们

我梦到过的场景和人物
常常令我愕然地重现
有摁下文字的时间为证

写得多了，话就少了
这也许是我在这个爱唠叨的年纪
还没那么烦人的秘密

击中我一次的文字
必定会击中我第二次
我不能这么轻易地放过它们

我迷恋被击中的瞬间
我愿意为此——
再死一次

火蜂窝

一饼缓慢燃烧的老葵花
挂在夜空
不时剥落点点灰烬

夜，让亮的更亮，
黑的更黑

中午，我顶着秋天的软太阳
找昨晚的火蜂窝
找一个家族的遗址

真的，什么都没有了
我甚至无法确定，蜂房
曾经坐落于哪一棵椰子树上
不慌不忙的海声，和着
不紧不慢的低语
经过我站立的地方
抵达那片曾经鸟飞蜂绕的树梢

有谁听见了
昨晚岸边
最后的蜂鸣

顺时针的普达措

如果我愿意
我可以选择徒步穿越普达措
踩着牦牛和野兔的脚印

如果我愿意
我可以选择在第一站下车
让自己被亘古的风多吹拂一会儿

如果我原意
我可以沿反时针方向逆行
兴许能够遇见向下生长的树
一睹卓玛或央宗的不老容颜

如果我愿意

我可以关闭手机脱掉鞋袜
不去惊扰属都湖的花松鼠和碧塔海的胡子藻

如果我愿意
我可以溜出大部队
任性地猫到一个地形隐蔽视野开阔的小山包
坐看 4000 米海拔神秘的亚寒带落日

注定无法同时踏进两条河流
可我总是鬼使神差地蹚入
最近最浅最浑浊最容易抽身的那条

哦，顺时针的普达措

手　相

握住拳头的时候
别人看到你手背上的
平原、山峰、河流
唯有我
唯有我，熟悉你松开的掌心
凹凸不平的盆地丘陵
和，每一条被困住的道路

只欢喜，手的自由，
手的空
像现在，这样

　　王晓冰，女，中国作家协会会员，鲁迅文学院第 32 届高研班学员，海南省作家协会理事。作品散见于《诗刊》《天涯》《文艺报》等。出版有散文随笔集《最幸福的时候》等。

绽放

BLOSSOMING
POETRY APPRECIATION

李成虹

周圆圆

芥子豆

高璨

王蕾

王诗敏

星光开始融化（组诗）

■ 李成虹

种　子

折久了，也有裂开的痕迹
经过了这么多年
哀牢山变旧了，磨破了

有泥土，倒向我
身上的某部分在成不了昼的黑夜里
像野草一样疯长
有股力量冲破目光停歇的地方
逃脱了地心引力的真理

我绕了几个弯
努力打开自己
只为缝补这残缺的哀牢山一隅

芭蕉树

芭蕉树参差地站在山头
深埋在土里的根
像藏着一个讳莫如深的秘密

吹过几场隐匿而欢动的山风
割去一截的芭蕉树
已经抓不住空气了
我想，等到入夏

叶丛中就该抽出淡黄色的大花了

哪承想，它早就溜到张爱玲笔下
成了梁太太手里的漏光芭蕉扇
难得出了次名

写在六月

在鳍上缝一粒纽扣
解开扣子，露出一双腿

沉睡中醒来的那条鱼
借着萤火的光在深海中行走
学会用肺部呼吸
挽留住一些即将溜走的气息

一条鱼，有脚的鱼
半夜，搁浅在我床头
同萤火的光
在漫长无尽的黑夜里烫出一个洞

解　咒

月亮沉下去
哀牢山用潮湿的眼睛看了我一夜
隐约的淅沥声

最靠近目光的雨滴
我不敢凝视
生怕荼毒了它

不那么纯洁的云朵遮挡住光亮
雨滴在大片的阴影里落下
静静地落下

为大山里每一个"含苞待放"的词
解了咒

打捞星光

天，擦黑
有星光在哀牢山中打结
它们倾斜着、凹凸着

也有虚荣的心坠入那片星海里了吧？
我曾伸手打捞那片星光
但它使我尖叫、害怕、恐惧

这些，那些
越来越黑
我被绊倒在哀牢山中

时间，它不是一个很慢的动词
我静静等待
当哀牢山中的那片天空再次放亮
星光开始融化

答　案

事物的完整程度
有时候是消逝
就像柿子，熟透了自然掉落
就像草，枯黄了就有生的希望

雨点落下来的时候
地上跳动着
慌不择路的词语

用箭射击石头

损失的是尖锐
用刀斩断水流
它们会让铁长出骨骼

这不是低调
当门上再起风
枯柳会从江南绿起
也顺便吹高了我

秘　语

风摇动着黑夜
连同那朵开得正艳的花

盛开的声音一直在耳边
我闭上眼睛，不说话
把一切喧嚣拒于门外
继续，在这朵花的世界中行走

窸窸窣窣，开了的花
发出惆怅的叹息
凋落前
她已恍然大悟

一秒钟，有什么会禁锢在我的视线里
23：59，我的星期三
连同这朵花的命运
都已经结尾

迟　暮

小镇的灯光过于拥挤
把月光挤得变了形
大脑进入空白期，已经很久了

敏捷的发丝洞悉一切的样子
却不从属于哪一根神经
赶在天将黑未黑时将记忆曝光
也掸一掸灰尘

大脑留白的区域越来越多
再看看脚下
一个变了形的影子上多了几条皱纹

钓

摆渡人手中有根鱼钩
时而钩住峰峦
让左摇右摆的大山漫过天际

时而钩住月亮的倒影
从东方到西方

期　待

这几日，山风也撒酒疯
刺骨的霜也络绎赶来
可喜的是
哀牢山深处的梭罗树并没有落下病症

烟囱里溜出的白气想要焐暖九天湿地
让缓缓归来的故人不再受寒
我裹紧身上的衣服
向远方张望

来年春天
梭罗树长出弯曲的叶子
请不要慌张
那是我在为你铺平通往秘境哀牢的路

脱色的彩虹

大雨过后
天空亮起来了
风慌慌张张
吹散了飞机留下的尾迹

两座山之间出现一道彩虹
我数了数颜色
赤橙黄蓝靛紫
独独少了一种颜色

而此时
我没发现
哀牢山变得更绿了

李成虹,生于云南双柏,现就职于双柏县鄂嘉镇人民政府。"90后"诗人,诗歌作品见于《诗潮》《金沙江文艺》。

缠绕之谜（组诗）

周园园

寂静的神

预告夜里有一场几年不遇的大雨
积雨云从西向东移动
一入夜，我便开始等待
雨水迟迟没有赴约
着急的时候，我就下楼走走
在树影和风中寻找雨水的模样
雨水降下前，寂静的神
会先来到人间
敲打我体内的铃铛
它们不足以令我感到恐惧
随之而来的雨水，稀释了黑暗
以及黑暗中偶尔爆发的尖锐
沉重又虚无
最终，雨水带走了一些阴影
当它从东向西缓慢撤回时

缠绕之谜

你已经离开好多年了
父亲
夜晚十点
我第一次在并不宽敞的厨房
做你多年前爱吃的饭
检修电路的师傅忙里忙外

不经意地说起
又有人死去了
我也不经意地探头
活着的人在楼下聚集
送别死去的人留在这世上
最后的衣物和带着痕迹的
瓶瓶罐罐
父亲，那也是多年前
你离开我那个夜晚
冒出的火光
它一直在我的后半生亮着
这是困扰我的缠绕之谜
当水池蓄满干净的水
我把做好的晚餐
怕惊扰你一般轻轻地放在白色的餐桌
当远方的火光熄灭
成为更远方微弱的永恒
就到了我要离开的时候

日　常

从楼上下来
只是刚进九月
已经感觉很凉了
你扔掉厨房垃圾
夜里喝过的饮料罐
弯下腰挽起藏青色的裤脚
那么平常和不经意
如同一长排含着水滴的衣物
在晨风中微微漾起
出现在我的面前
它们被整齐地挂在衣架上
每一个衣架中间又整齐地
放着灰色褐色和白色的袜子
我走过一小块绿意稀疏的草坪

踩着凸起的梅花桩
几乎变成阳光下的鹿
给你看那些日常衣物
在我的手机相册里
跟着早晨风起的节奏
变得异常柔软

伤　口

春天的第一个早晨
我们沿着叶片少许的纹路
经过铁轨尽头，花开和忽然的雨水
旅途的迷雾，是一种神性的困惑
你带着愤怒继而沉默的表情
圆领的黑色外套以上
你掩盖不住的裂开的伤口
滴下血和一些往事，不能重提的部分
被你一再问起，后来
如果记忆没有偏差
阳光照在路人的肩膀
开始有哽咽的声音传来
现实的荒谬的部分
密集人群仿佛海水淹没又被冲刷出的浮物
甚至贝类的残骸，长角的异物
你咳嗽一下，伤口越来越大
你应该知道
我不说爱
我已在原始的柔软和羞怯中
又爱了你一遍

我和你

冬正午刚过
从你身上掉落季节的干果

枯燥，如同此时此刻
那些干瘪的果实，带着棱角
被不规整的柳絮团团包住
仿佛萤火虫试图照亮微小的空间
借着那一点光，我听见
地面升起小心翼翼的喘息
同样被消磨，还有譬如
孤独的沉默的部分
春末，第一百二十一个空旷的白日
不同于我们初次见面
一片轻盈的叶子落在慵懒的
想象的城市
你身上的芽，被雨露润泽
甚至有少数派的光芒和柔软
缓慢流动在凝滞的空气中

流　逝

我也不会经常外出
在公共场合
裹紧早秋的薄外套
像一只裸身的刺猬
红色的提示屏滚动一页又一页
我就在这种红色的恍惚中
想起你
一种无意识的关联
我很久没有你的消息
你还像从前一样吗
倾心低处的植物
古老的蕨类以及
不被人留意到的草绿
师兄从鄂北返闽东
向我讲述发生在长安北路
那些老旧物体间的故事
就在那里

仲夏午后
我们迷恋流逝的气息
那些流逝如今看来
都无比惬意

爱人的名字

你早已忘记那个拗口而令人痛苦的名字
譬如雨后、霞光、吹过原野的风
你爱上这些不确定的瞬间和存在
每一次，当你围困在羽绒黑的夜色
你听到万物渗出的情绪
如同一棵突兀的树
在冬日花园的风里摇曳
过去的你和现在的你降临
开往郊外的双层巴士上
风穿过指缝的感觉
隐秘如流水润泽沙砾
如血液汇聚在幽深容器
它们同一时间显现
又一次让你想起那个
拗口而令人痛苦的名字
他在你不经意望向远方时
覆盖漫长的残缺岁月

完整的爱人

赶上连续几天失眠的时候
我会搬一把木椅
拉开窗帘的一角
等待逐渐有光
清晨的迷雾漫过广场
笼罩我，又小心翼翼地
笼罩熟睡的你

你没有看到我
你在睡眠中露出幸福
那是我无法抗拒的
当你说爱我的时候
可你仍旧是
所有失序之物的起源
是我残缺生活中完整的爱人
我的一部分悲伤在此
有时候，我们沉默着
清醒着，互相观望
和我失眠时
透过迷雾
看你时一样
有点像孩子
手足无措

周园园，1989年出生，毕业于福建师范大学，文学硕士。有诗歌发表于《诗刊》《草堂》《星星》《芳草》《中国诗歌》《福建文学》《诗选刊》《扬子江诗刊》等，已出版诗集《回望时光》。现居天津。

光阴沿着虚静的河流行走（组诗）

芥子豆

莲　花

静静地听香
生怕惊扰佛陀
我把自己写进莲的静默
开成你想要的样子。

别说我心不在焉
你种下的蛊早已侵蚀我的肉体
手心握不住一粒沙
只好用一生去打坐。

看我表面清澈的样子
只是没有打开与你纠缠的谜底。

蝉　蛹

在银色月光的白桦林里
草丛里有很多蝉蛹
卑微的灵魂从不敢发出声响。
怕惊动你的目光
窥视我的一举一动
我必须双手合十隐匿在草丛深处。

吮吸着树脂苟且偷生
超度千年修炼水蛇般的腰身。

在月光冻结的白桦林里
任悲伤的钉子把后背打开
我把糖稀色的渴望化为虫子一样的女人。

若有一天
我把糖稀色的面具扔到一边
咯血挣扎在你必经的路旁
遇见或不遇见
都会化为灰烬散落树下——寻找
那走失的肉身。

南极，北极

你说：我们身在两极。

如果你厌倦了候鸟的天堂
可以走向北极
走进熊群
拥有你的独立王国。

我注定要走向南极
与企鹅共舞。
那里有圣洁的雪。有美丽的鳞片。
有温暖的羽毛。有天堂的极光。

我的泪已变蓝
再见，不见。

修　行

坐在一道风里
同黄昏一起下沉。

夜色浮上来

像一片软耷耷的地皮
陷在凹地抠不出来。
月光早已浸入我的体内
将全部光阴打湿。

我不愿做一棵水杉
在藤蔓丛生的阴影里苟活。

于是，赶走满院蝴蝶
闭目，打坐，听香。
试图走进一朵莲花深处
修成佛陀虚静的样子。

逃

这个冬天没有火把
躺在祖父的麦秸垛里冬眠
一种叫压抑的情绪差点儿把我摁进墓穴
燃一根香，引来蝴蝶
扑棱一下翅膀，叩开春天

抓起父亲的绿军裤，母亲的红棉袄
逃遁，忘记系扣子
雪白的风涨满二月的乳房
疼痛催开的蓓蕾
如二月柳丝的芽孢
抱紧更疼

草

村庄。小草。夕阳。云朵。
草的磁场盛大
光阴沿着虚静的河流行走
香火旺盛。

向日葵垂出月亮的羽衣
青蟒，匍匐月光之上
鱼尾侧出银丝，有一股向上的力。

汗珠忍着风湿病根，庇护
奋力分娩的山羊，它延伸触角击响水声
稻穗垂地，祖母的拐杖摇响籽粒。

庄稼，和飞燕
穿过空荡的秋千
归顺暮色。

琴　伤

秋天深了
蝴蝶，燃香
肉身空空地打开一座城的虚空。

鸽子衔走屋顶的霾
落日染黑马匹
它的野性打在花楸树上
撼动城池的夜。

七弦琴的黑眼珠
隐匿在碑亭，在原野，在灌木丛里
无人看清她真切的样子。
她像幽灵一样
把凤尾栖息在白月光上
泠泠抖动音符
或秋的松涛，或霜钟的祈祷
或夜半的鹿鸣。

惊醒的菊花打开千手千眼
夜夜的吟哦，为阳春
白雪，披上莲衣。

牧　场

亲爱的，你翘盼的眼神
在枝头闪耀。
你怜悯弱小的羔羊
迁徙于牧场，与牧场。

朱雀驱赶北回归线的阳光
弩弓倚剑，和着琴声的马尾
催开草原辽阔的花。
鹧鸪从南方赶来
赐予彻夜的花露，和叶尖的凉风。
二十八星宿赋予坦途
将饱满、甘甜和醇香收割坛底。

诺亚方舟属于水的领域
欲望的卵以各种形状浮潜。
不必争辩，这一切。
蝴蝶，在乌衣巷里彳亍
光停在落叶的背面
双手合十。长夜慢慢降临。

芥子豆，原名徐侠，"80后"，形象设计师。15岁开始发表诗歌，后辍笔蹉跎十余载，现重拾拙笔。

微 光 （组诗）

书 院

欲雨山中
在你眉眼间一次次感动
唇齿　相依

山下雨　叶无落
你站得近　或远
你站得如同秋季
你之体温着候鸟之裳

凭栏八千个日夜
日月互蚀
我很像我　你愈发不像你

微 光

我们的住处
没有什么微光

夜听风吹雨
昼闻雨打树
一帘之隔的安全感

有时看你
有时

看你在窗上的影儿
从六月的最后一天
到十二月最后一天
很少有微光

开了屋子里所有灯光
大色
也是慢慢在凉

我们的住处
在冬天
像个正在孵化的卵
茸毛下很多
爱和温暖

羊毛被子
一层
冬日海面
鱼很温暖
水也温暖

外面
要是下雪就好了

不得不忍受空虚
房屋
想得到空间
就要圈养寂寞

深以为然的惋惜
世俗诗人的诟病
你嘴唇轻动而我
没有听清的话
其实很想写下

不会谱曲的人

需要一枝树杈
上面有鸟儿
在春天　夏天　秋天　冬天

望着你
就夜幕降临
很多星星
弹奏在夜凉的弦上

直到神醒来

神睡了
日夜求索天堂的人
蹲下小憩
头埋在臂弯里

夜色笼罩的
向日葵田

神也有夜晚的
可能在每一秒的
后三分之一
而睡眠时段
可能是每三声钟响里
最轻的那次

神也有爱人
所以总在爱人眼中
看到神

可敬　可畏　可喜　可悲
唯独不可怀疑　揣测的
神
把自己很多的名字
写在信封上

烤漆的印章
用泥土和鸟喙

查无此人
信徒和学者埋在经卷里
信落在地上
神的信落在草地上
野餐的人凝视远方
嚼着面包
他刚刚完成早祷

天堂是一座城
众生想进去
神想出来

等风来，便落雨

若不是因为雾
我根本没有
想要看清的事物

云海竹林
青苔石阶
落叶秋花
转角山路
回眸无光无你
等风来
便落雨

云是比雾坚定的爱人
孜孜不倦地游说视听
睫毛上挂满露珠
也不解风情
不羡爱慕
不明来路

去路当是一首
永远听不清的歌

雾散了
并无谜底袒露
一草一木只是描述
一鸟一石不超措辞

叫人怀疑
自然降与你的问题
没有答案
因而不算是问题
甚至不是说给你

一厢情愿的苦思
神爱莫能助的子民

高璨,1995年出生,出版有《梦跟颜色一样轻》《你来,你去》《第二支闪电》《这个冬天懒懒的事》《守其雌》《语言,众人的密谋》《诗经未说完的秘密》《乱象》等20余部诗集和随笔集。其中有作品获省级和国家大奖或入选国家出版工程等。

今晚我不用这个词 (组诗)

▌王蕾

站在晨昏的中央，我们不说话

整个十月，天空没有摘下面具
是灰色，是紫色，是难以形容的蓝
是光怪陆离，是未来掺进了过去
是失去秩序的鼓点敲打着喉咙一直到心脏
是捂住眼睛，呕吐出记忆的碎片

整个一生，时间没有打开门锁
是华宇，是残庙，是不可逃走的笼
是混沌悲哀，是晨光照进了夜色
是声嘶力竭的候鸟向烈日坠落
是灼伤了远方的翅膀
被浇筑成脚印

整个故事，人们没有留下姓名
是狂欢，是迷乱，是春光熹微的脸
是不可触碰，是酩酊占领了清醒
是四处游走的星河拉响了寂寞的警报
是荒茫大地生长出新的荒茫
站在晨昏的中央，我们不说话

我们挤在悬崖边

日子像手机里的照片
被删除的被忘记

被另存的同样被忘记

时间是一个巨大的垃圾场
满载新鲜的遗物
多年前那场事故的残骸
一直不曾摘下的皂角叶
初冬时街角的晨雾
上一秒忽如其来的欢愉
将生活推搡到下一个
车水马龙的路口

一阵风在另一阵风中止息
挤在记忆的悬崖边
我们要用力闭上眼睛
才数得清脚下的星星
我们要捂住对方的耳朵
才听得见天空的讯息
我们要停在这里
停在去到永恒之路的途中
才能抵达永恒

今晚我不用这个词

一颗陨石掉落下来
酒波一样的光芒
不，今晚我不用星星这个词

一朵红花当街开放
尖刺一般的芳香
不，今晚我不用玫瑰这个词

一行光标徘徊闪烁
从右到左
终点一样的原点
不，今晚我不用想念这个词

一滴汗水打湿回忆
暴烈气息
海面一样翻涌
不，今晚我不用呼吸这个词

今晚我不用
所有和你有关的词

那伤口来自虚空

很久以后
天空大面积地萎缩
光线挣脱不合比例的太阳

很久以后
船只划离发热的海面
推土机填埋了寂静

很久以后
你来自未来
那伤口来自虚空

有一个秘密，我不曾告诉你

有一个秘密，我不曾告诉你
十四岁时我曾掉进一片红叶里
被虫子咬伤，风声雨声
爬过心脏上的洞
岁月被温柔地击穿

有一个秘密我不曾告诉你
我曾吃掉过整个夏天
还吃掉过一颗
橘子味的水果糖

生活的唇舌在阳光中变得坚硬
被酸和甜轮流奴役
不能轻易张开

有一个秘密我不曾告诉你
十几年来，那张红色的糖纸
一直粘在我的鞋跟上
使我走起路来
摇摇晃晃

天光渐盛，我从沉没的巨轮中起身

如果不是晚间的月桂树转身看我
思念会继续系紧沉默的蝴蝶结

如果不是凌晨的星星伸手牵引
时光会继续拥抱后退的那一天

如果不是梦中的叹息遥遥响起
心脏会继续保持日常的节奏

回忆氤氲迷离，烈日褪去形障
那些无处可逃的细节倒灌进人生的裂缝

天光渐盛
我从沉没的巨轮中起身
在微不可见的疼痛里生存

我吸着一种隐秘的毒

16：09
反光的站台在咳嗽
橙色背包装着奔跑过的心脏
G2116 次列车上

我吸着一种隐秘的毒

大树挣扎着后退
水泥石柱向人群的背面致敬
灰紫色的云四处逃散
我待在一件白色的衬衫里
忘记了背包的目的地
还有众生的面孔

做完第五十三个艾草味的梦
怪兽用指甲里的蓝墨水
擦了擦嘴唇
我吸着一种隐秘的毒
在轰隆声中晃荡完一生

王蕾，"80后"诗人，有作品刊发于《湖南文学》《天诗诗人》
等多种刊物。

风的吻 （组诗）

■ 王诗敏

被宠坏的孤独

我独自走着，春季的白昼
在忧郁的风中逝去
我看见它远去，我追着它
从迷茫的雪山到宁静的湖面直到消失

伸手碰到一棵无名的草，浩瀚的星空下
我的灵魂扎进深蓝的孤独
在我的左眼里泪水如涌
因为我说不清悲伤和欢喜
在这个无人的、静默无风的荒野里
我发现身外的热闹和欢愉在心里突然消逝

飞鸟盘旋在神山的云巅
大殿里灯火阑珊，朝圣的人祈祷着什么？
我问自己：为什么我的左眼流着泪水？
神啊，你常常来我的梦里
不消散我的忧愁，却插下柳树的枝条。

渺小的我，在二十个春秋里
逃脱了夭折和毁灭的无尽追捕
每次写下希望时
我的人生都在迷离的绝境里挣扎

此刻，我对着黑夜、旷野歌唱
左眼滚落的泪水打断了无词的歌调

而我的四周歌声依旧
大殿里喇嘛的诵经声和远方叶落的声音
回荡在无数个失眠的夜里，滋润着被宠坏的孤独

窗外风景

玻璃外是一片金黄的麦田
车上，众人已经熟睡
一座坟墓在夕阳里被披上金色的光

车在冰冷里驶进黑暗
点上一支烟，燃起的星火点亮了夜
森林在饥饿的深渊，靠近光明

从陌生到陌生的分裂，缄默不语
车驶过雪山，伸起颤抖的孤独
某些人拥有的，只是梦里旋转的影子

从南方奔跑而来，夹着温润的湿度
樱花轻颤，惊了满地粉色碎片
我从一阵风的背后，看到了整个春天的裸体

风的吻

又一年清风三月桃花开
半步向阳
天台的白衬衫
记忆里的青涩胡须
窗台上再也看不到吹风琴的人

那天下着小雨
"走了……"
"嗯，等你。"
牵着手 初心至白首

唯有你的画面播放最多

风在挥手的指尖留下一吻
轻轻地，浅浅地
像鱼的眼泪落尽深海
不着一丝痕迹

出行的列车

大风刮过村庄
犹如猎鹰如炬的目光
清洗了一遍灵魂的污垢

地铁车站黑压压的人群
似树干上的蝴蝶飞舞
那绿色的枝条驱动着年华
使腐烂的树根枯死、锈蚀
也使一些秘密掩埋或毁灭

春天的信息在不远处走来
它在孤寂中停留，徘徊
拼凑的身子顺着铁轨方向
缓缓走进城市的边缘

黑夜的嘴唇停止多久
告诉她渴望死去的白鸽
那是情人的信物
人间里有一个情种
拉着风前行……

老　镇

车站里，翻新过的汽车在焦急
一个姑娘在徘徊，裙裾飘飘

车窗外是新装裱的长画，蔓延到记忆深处

斑驳的老镇换了衣装
不见了熟悉
柏油路铺进了小巷
光溜的黄土街、校门外的油炸摊
寻不到踪影，一起锁进了孩子的童年

悠悠走着
青苔长满砖瓦和巷道
儿时的伙伴轮廓模糊
据说都已漂泊四海，奔波生活
行人脚步匆匆，不曾停留些许

发被初秋的风拂过，凋零的气息
站台上，裙裾飘飘
一声鸣笛
再见，我的老镇

把风托付给远方

云上有我想唱的歌
风从南方赶来
买一张去往远方的车票

去东边看海
海上长着无数的耳朵
往事躲进银白的横浪和月光
只为看一眼
那条深海缄默的鱼

叶上的蝴蝶眨眼
我盯住，再望
瞥见了老山孤独的树
抬头

看见空中沉寂的鹰

我是流浪的行人
去布达拉宫朝圣
看殿前飘舞的五彩经幡
在黑夜里听一个喇嘛讲他的故事

后来，人间少了一个流浪的行人
殿里来了一个年轻的僧人
人们说他身上有风的味道

小丑鱼

我轻轻地踏着风声，从梦里跌落
醒来时，头顶的星都睡着了
窗外，有花的影子在盛开
含苞待放的秘密，深夜里悄悄探出头来

我的枕边有一个娃娃
一条蓝黄相间的小丑鱼
夜里，它就钻进我的怀里，秘密交换温暖
它说我的眼泪和海很像，而我的 blue 是浅浅的
丫头想送它回出生的地方
可是，我的秘密会不会吓到海里的朋友？

王诗敏，女，"90后"青年诗人，汉语言文学专业在校本科生。

静柔温婉中感受自然神性（评论）

廖令鹏

"绽放"源于自然，牛发干心；或源于心灵，见于自然。诗人自由穿梭于语言与意象之间，跳跃在自然与意识之间，缠绕在天真与感伤之间，获得最为热烈、迷人的"绽放"。品读这一期的"绽放"，我仿佛看到了葳蕤的山川草木、高远的星河万象，在这宏阔寂美的自然背景当中，一个个静柔温婉的女子以不同的姿态，迎接身心与自然融合而升腾的自然神性。

李成虹的诗歌显得尤为独特。这位来自云南双柏的"90后"女孩，从小被滇中的山水润泽、高原云雾渲染，灵气十足。这种灵气也许深受查姆文化的熏陶。查姆文化是彝族的民族文化，"查姆"就是"万物起源"的意思。在古老的彝族文化意识中，自然是万物之母，人类是万物之灵。李成虹的诗，蕴含着对星辰、山川、大海和湖泊的深沉情怀。她敞开心扉，放飞灵魂，寄意于"哀牢山"，反复吟诵，缠绵悱恻，这不仅仅是瞬间的情感迸发，李成虹希望在内心建构起一座永恒的"哀牢山"。这种由意至象的"绽放"，我们在现当代诗歌中俯拾即是，艾略特的"荒原"、博尔赫斯的"星空"、海子的"麦地"、雷平阳的"云南"等等，都是如此。值得注意的是，李成虹生长于双柏，现如今又生活、工作在双柏，她对双柏那念兹在兹的故土之情，对"哀牢山"热烈而轻柔的歌唱，对"起源意识"的继承与浸染，其实反映的就是一种"你和我，面对星空，充满渴望"（博尔赫斯）的心灵物语，是一种纯粹的"家园意识"，而"家园意识"正是现在年轻人世界中日益式微的精神特质。所以，我认为李成虹的写作路径值得延续，更值得期待。

与李成虹由现实世界通向心灵世界相呼应，芥子豆从一开始就确立了自身与外界的沟通"秘境"。她的心性总体而言是"虚静"的、"悲悯"的，所以她对自然的观照，并不像西方惠特曼式的热烈直率，而像东方佛禅老庄式的含蓄隐秘。这种境界在唐代的诗歌中已达到高峰，唐代是禅宗兴盛的时期，佛禅思想以各种形式潜藏在唐代诗歌当中，特别是唐代山水诗当中，使得唐代山水诗日益摆脱南北六朝模山范水、静虑观照的那种模式化和哲理化表达，而形成丰富多彩的复杂化和个性化的意境。芥子豆的诗歌，如同月夜焚香，大抵沿着禅境流淌开来，"试图走进一朵莲花深处／修成佛陀虚静的样子"，"光阴沿着虚静的河流行走／香火旺盛"。芥子豆的意识世界中，自然事物有着不凡之"相"，她能打开肉眼之外的"视觉"，观察到另外的世相。如"向日葵垂出月亮的羽衣／青蟒，匍匐月光之上／鱼尾侧出银丝，有一股向上的力"（《草》；）"惊醒的菊花打开千手千眼／夜夜的吟哦，为阳春／白雪，披上莲衣"（《琴伤》）。这两段，共同营造出一种清丽、劲爽的虚幻之境。这种表达已自觉地融入芥子豆的诗歌创作当中，成为一种追求，甚至日常生活中都频繁交替地呈现"佛陀""香火""莲""双手合十""超度"等。在我看来，许多诗人尝试以佛禅静观的方式走进诗歌世界时，起初都会产生一种迷恋与信持。我相信，当芥子豆的光阴"沿着虚静的河流行走"，她仍将踩在曲折的河岸，走向广阔的牧场，走向缤纷的大自然，追寻虚相背后的实相，获得质朴无华之境。

现代诗歌中，虚境与实境之间，通常是通过"流转"来实现的。"流转"是"绽放"的细微动作，我们说"万物流转"，在诗歌中更多的是某种心境的映照。浪漫主义诗人的流转，纵横天地古今，大开大阖，最为迷人；而沉潜于现实生活中的诗人，其流转多半是"负重缠绕"与"温婉动容"的。女性诗人由于细腻、敏感，带有母性的原始情感，她们的流转，显得别有韵味。周园园的诗歌就是这样，她的叙事多半来自沉郁的锐利的灰色调生活——比如黑暗的雨夜、偶尔爆发的尖锐、沉重又虚无、阴影、缓慢等，但在这样的背景下，周园园能够巧妙地翻转过来，温柔地流转过来，悄悄地呈现一幅雨雾的景象。她在《缠绕之谜》这首诗中把这种流转发挥到了很好的状态，诗歌开始深沉地怀念父亲，叙述与父亲之间的琐碎之事及日常交集，慢慢地，诗人把这种感情圆浑地流转到了自己的未来，流转到了更远的永恒，甚至流转到了"我要离开的时候"。这种诗歌的变换，暗合了诗人内心的观照。说到底，周园园是一位细致周全、心地善良的女诗人，她善于把外物内化为心灵的默默承担，溶解，自觉地让自己柔软起来——周园园的心灵似水，利万物而不争，处众人之所恶，这种心性是诗歌创作的一种"美德"，更是诗歌的"试金石"，我们要好好地爱护这水一样的心灵，它会带我们进入澄明透彻的诗歌境界。

周园园的诗歌气质，与王蕾的诗歌气质，某种程度上形成有趣的呼应。周园园是"曲"，王蕾是"赋"。曲之为曲，一波三折，回环往复；而王蕾的诗歌，结构整饬，带有赋的热烈铺陈，从而使得情感中最突出的那部分，自然流畅地喷薄而出，给人以力的张扬。这种"绽放"，犹如大海中升腾的浪花，一朵接着一朵，一朵高过一朵。王蕾的诗歌是劲健有力的，她提纯生活的能力比较强，笔下的生活更为丰富，暗藏着本色的尖锐，她称之为"吸着一种隐秘的毒"。生活必然不是处处都如蜜一样甜美，在波德莱尔那里，发达资本主义社会的城市生活，甚至如同地狱，张扬着悖论矛盾的城市丑学。那么，我们自然要追问，诗人何为？"回忆氤氲迷离，烈日褪去形障／那些无处可逃的细节倒灌进人生的裂缝／天光渐盛／我从沉没的巨轮中起身／在微不可见的疼痛里生存"（《天光渐盛，我从沉没的巨轮中起身》），王蕾的诗歌，隐约触碰到了"巨轮沉没"——隐藏在现代生活中的搁浅的底盘，由此带来强烈的疼痛感和压迫感。从本质上来看，这接近于当代法国新现实主义诗歌，对极端物质主义和人类在都市生活中沟通隔阂而带来的孤独，进行批判与反思。作为新时期的女性，王蕾在迷离中看到天光，在沉没的巨轮中奋力起身，展现出了坚强与积极的生活态度，难能可贵。

　　"90后"诗人王诗敏把"孤独"这种迷人的气质很好地呈现出来。"孤独"在诗歌中是一种美，这已经成为共识了。叙利亚著名诗人阿多尼斯的诗歌《我的孤独是一座花园》中，有一句诗为人们熟知，"孤独是一座花园，但其中只有一棵树。／绝望长着手指，但它只能抓住死去的蝴蝶。"王诗敏也有"被宠坏的孤独"，只不过，她这种孤独，是在无数个失眠的夜里。当然，我们不能与阿多尼斯这样的大诗人一比高下，但凡夫俗子也有孤独之美，不是吗？同样是"90后"诗人，高璨的诗歌《微光》，闪烁着点点"微光"，清新灵动，而且"并无谜底袒露"，显得率真。相比这下，《书院》是很有代表性的一首诗，气息轻盈明快，语言呈现古典之美，如"山下雨　叶无落／你站得近　或远／你站得如同秋季／你之体温着候鸟之裳"等等这样一些诗句。高璨在现代诗歌中圆融地运用赋、比、兴等古典手法，把读者快速引入传统文化精神的语境当中，使"书院"的物理形象瞬间获得文化意味。实际上，行经"书院"至此，既得"你之体温"，又观"候鸟之裳"，已经足够了。"凭栏八千个日夜，日月互蚀"的胸怀，似乎过于宏大，"我很像我　你愈发不像你"的感慨亦是旧词。可见，古典之美，美在适宜，"尺度"即是美的要义，也是最难平衡的事情。

"绽放"之美，无需多言，"绽放"的各种语言，各种姿态，各种追求，为诗人们打开了一扇扇窗。李成虹、周园园、芥子豆、高璨、王蕾、王诗敏等六位诗人，或深沉，或静柔，或温婉，或虚空，都试图建构、触摸和感受自然中的那一种神性，为自己的诗意人生点燃一盏温暖的微光。

花絮
Calibri
Poetry appreciation

田暖

本名田晓琳
中国作家协会会员
参加诗刊社第 29 届"青春诗会"
鲁迅文学院第 31 届高研班学员
诗歌见于《诗刊》《星星》
《扬子江》等刊物
入选多种年选
著有诗集《如果暖》
《这是世界的哪里》
诗剧《隐身人的小剧场》
曾获中国第四届红高粱诗歌奖
第二届网络文学大奖赛诗歌奖
齐鲁文学作品年展最佳作品奖
扬子江诗刊千纤草女子诗歌奖
被评为山东省第三批齐鲁文化之星

秋水

"70 后"诗人
祖籍江苏
生于东北
现居江南
参加诗刊社第 31 届"青春诗会"
鲁迅文学院第 31 届高研班学员
著有诗集《有时只是瞬间》

我的灵魂生活

田暖

G202 次动车悄无声息地向北行驶，穿过收割之后的大地，窗外那些已完成了自己仍高悬着不肯凋去的落木，迅疾地向后退去，火车摩擦着铁轨，哐当哐当的躁动和呜呜的鸣叫，已被一个时代的高速滑行，沉默代替……我知道我离我越来越近了。初冬的萧瑟和人心的冷寂根本阻止不了什么，有一种呼唤在灵魂深处暴动，即使微弱如火烛。

不仅仅是因为远方还有诗和远方。更重要的是，我是我的另一个自己，所以我来到这里，和灵魂相遇，和一群灵魂相通的人相遇。在这里，可以做以前不曾想的事，过一个人想过的生活，一个世界的未知和秘密隐在细微的存在和头脑里，像升腾的火焰给人继续下去的勇气……

在这里，每一天都不可复制，灵魂因美好的震颤而新鲜欲滴。

在这里，是在哪里呢？我想，它应该在世界的任何一个地方。

此刻，我正坐在鲁院的灯光下，感受着它折射的光芒，白而热烈，落寞而又略显得孤独。再细想想，在这里也是在那里吧，对于一个人，它也许只是照亮前行的灯烛，而相对于人群的精神山巅，却是一种寻找，一种重建的主体精神和重返生活的道路，它构成了一个人心灵的地图，是自由和艺术基于生活，获得灵魂升华的焰火，它属于梦的一部分。

这样想来，我抵达这里的种种艰难、种种诘难，都已不足挂齿。

我的行旅箱里装的是《圣经》、费尔南多·佩索阿的《惶然录》，以及约瑟夫·布罗茨基的《小于一》。生活似乎每一天都是在创世纪，当上帝把世界分成白和黑，当这些白和黑一刻不停地降临到我头上，一个人的惶然、忐忑、孤独不安便搅入到马不停蹄的陀螺一样高速旋转的物质生活里，令人只想逃出来。是的，终于可以离开每天都循环往复疲惫不堪的生活了，但也留下了我的牵挂和一万个放心不下。比如，我离开时，她跑过来抱着我，颤颤的声音，瘦小的身体，大大的眼睛里含着的那两汪水，让我无限爱怜，人间温暖莫不过如此吧。紧抱着她，却不得不再慢慢地松开。也许抱得越紧，松开得越不舍，越仓促。

她和我一样。她属于我。但她并不是我的副本。即使她是我的女儿，但她永远都只能是她自己，苟日新，日日新吧！

我的心也并不曾全部死去。"凡是杀不死你的，一定会让你强大。"晚上和阿华聊到了尼采的这句话。因为诗歌，这个世界上便有了一群许多未曾熟识却已然灵魂相知的人。

在这里，一个人的身体终于追上了自己的灵魂，而不是仅仅为了能够活下去的穷途末路的挣扎和生存。在这里，上午可以听到自己喜欢的电影、文学、社会和文化的诸种讲座，似乎是穿梭在一个又一个光华灿烂的瞬间，灵魂的种子浸泡在咕嘟咕嘟的营养液里，呼吸越来越畅达，也越来越感觉到自己的无知尘埃一样轻飘。夜读那些达意表情的文字，或动人或逼人，或附会或创意，或贵族的或平民的，随便翻开一页都有一页的命运和承载，便也越来越感觉到人真如《都灵之马》，奔驰在茫茫的雾气里，有着无处可逃的宿命，但过程却又那么美好。古人"感时花溅泪"，而我感时便随便写写，把逼到刀尖上的生活解下来，把忐忑

焦灼的心放在自己的宁静里，把日子过成自己想要的模样。这难道不是一个人的黄金时代？

　　疲惫的时候，去院子里散步。金色的银杏树叶铺在路上，不忍踏去，真怕污了它生命中最后的光泽，它的时间已经不多了。它的蝴蝶一样的魂魄原来是属于风和树的，它终将属于大地，属于寂静的一部分。就这样走过去的时候，感觉似乎每一天都是最后一日，感觉每一天都不够用，恍惚了半生，我知道属于我的时间也越来越少了。门口，是鲁迅先生牛首一样的铜塑在矗立着，他的面孔抽象而又和蔼，"无情未必真豪杰，怜子如何不丈夫？"我也不过是泥泞中拉车的牛罢了，忐忑不安、小心翼翼、汗流浃背⋯⋯然而，提起牛，不管亚洲牛还是欧洲牛，牛的精神似乎总是相通的。

　　那天我们去中央美院看德国新表现主义代表画家之一的安塞姆·基弗画展，这位被誉为"成长于第三帝国废墟之中的画界诗人"。在他的《欧洲牛》系列中，一幅画中的牛，破裂的牛肚子里，露出了干草。是啊，它吃的是草，挤出来的却是奶！这和鲁迅先生的孺子牛是共振的。而另一幅画中的牛，站在荆棘丛的背后，它的身上有明显的空洞或者说是黑洞，一头受难的牛，在中西方的文化和精神中发出了共同的哞叫，它奉献着勤劳、奶和沉默的忍耐，当然，在它的肚腹里还葆有空洞、黑洞、风暴、残缺和意外。生命便在这种牛一样的精神里因掘进而不断前行，因苦难而使灵魂获得超越苦难的力量。谁能说这不是生命最美的绽放呢？

　　鲁院的拴马桩的石柱上，端坐着狮子、兽首或者抓髻娃娃，或低眉或怒目，或顽劣或目空一切，它们都有着自己的心魂。它们穿越时空，端坐成一块块石头，用沉默的灵魂呼唤着即将到来的精神之马，而我们

又何尝不是一直在寻找自己的良马呢，不管白马还是黑马，一直在等待，日子却不断地向前翻着。倾尽一生，也许我们所要等待的马就像一直在等待的戈多，永远都不会到来。但那天和朋友的聊天，还是感染了我，其间谈到《三国志·虞翻传》中的"生无可与语者，死以青蝇为吊客，得此一人，可以不恨"。大致是说，即使我活着无人理会，死后坟前也无一人吊唁，只有苍蝇在坟前，但是只要有这样一个知己，人生也死而无憾了。恰如高山之于流水，伯乐之于千里马，千里马之于拴马桩吧。而我之于谁呢？唯灵魂在默语吧。

空气中似乎总有一种若有若无的香，我很惊讶这种迎风而生的香到底是什么。仔细寻来，却见凛然单薄的黄色花瓣绽放在夜晚的灯光里，在雪里寻得了它的名字，竟是丰厚梅花。青瘦孤傲的梅举着厚润的香气独立在雪地里，"何方可化身千亿，一树梅花一放翁"，一朵朵梅花像一盏盏夜晚里的烛火，它的美并不仅仅是洁雅的花瓣，更在于这芬芳四溢的香，雪洗风吹见真色。冰心的字在梅树旁的石壁上像生出的火焰，"有了爱就有了一切！"

是的，爱！恰是一个人真正所需要的，这生活的火焰，它在我的内心里沸腾，孤独又大众。我知道这是一个人灵魂的最终归宿。一个人因真正的爱而自由纯粹地活着，不为权力和意志，不为钱帛和锦绣，就这么纯粹而自然地活着，爱着——这灵魂的事儿。

好诗，像呼吸一样自然

秋水

作为一名诗歌写作者及诗歌编辑，我常常会无意中思考一个问题，那就是，什么样的诗才算是好诗。

对于好诗的标准，我曾给过一个比较理性，甚至看上去颇为教条的定义：诗性的语言、真实的情感、深邃的哲思。但标准是会随着一个人对诗歌的感受和认知的变化而发生改变的，而且感受并描述一类事物的好，可以有很多视角和纬度，自己理解得越是丰富，就越可能体会和品赏到这类事物多元的好。人生也因此会更为奇妙而辽阔。所以这个问题总会时不时跳出来骚扰一下我。

早上，读到一首诗。它瞬间打动了我，但当时我说不清楚是被它的什么品质所打动，只觉得一大早能和这样一首诗遇上，一天都变得美好了。而它并不是一首可以用"唯美"这个词来概括的诗。它大概不到三十行，诗人从对世界的外在美的描述开始，历经内心的挣扎，对社会规则和现实生活的无奈等等各种情感的冲突，但就是这样内心充满矛盾的表达，在他的诗里却显得自然而和谐，没有丝毫刻意的痕迹，无论是叙述，还是抒情，抑或议论。

待我平静下来，回头再去读这首诗，忽然有个词从我的脑袋瓜里跳出，我意识到或许它可以比较准确地概括出为什么这首诗给了我那样美好的感受，这个词便是"纯粹"。它在这儿是个狭义的概念，代表着本真、通透、无所求，而这样的品质令一首诗变得意趣盎然。

我原来理解的"纯粹"，是个较为抽象的词，它是非感性的。可今天早上，它却通过一首诗十分清晰地抵达了我，仿佛触手可及。就诗歌写作而言，纯粹或许就是，一首诗写作的出发点不是为了某人，也不是为了社会，它仅仅是心灵本能的一种倾吐。这里的"心灵"仍是狭义的——在我看，心灵也并不时时都能保持纯粹，它夹杂和携带着各种欲望——肉体的欲望、物质的欲望、名利的欲望、思想的欲望——是的，思想有时也是一种欲望的化身，尽管它是以非物质形式存在的。而我这里所指的"心灵"则不然，它像一个还没有产生自我意识的孩子般本真、通透、无所求——正如我前面所说的好诗所拥有的"纯粹"的特性那样。它的全部内容都出于心灵的需要自然而然产生，而自然而然并不代表没有思想，黑格尔说，发自人类心灵的，从根本上来说都是思想的反映。而自然而然的思想，就像酒酿得刚刚好，多则过，少则不足。这思想是那么干净，欲望已经被升华，一切都是心灵这眼泉涌出来的水。

说得形象一些，在大自然的山水中，我时常会感到没有人为参与这一切，都显得那么和谐。水在该倾泻的地方倾泻，叶在该落的地方落，鸟划动翅膀的姿势自在悠然，一切都是该发生就发生了，它们的存在仿佛是上帝大笔一挥泼墨而成，完全没有刻意的部分。这种"没有刻意"正是我在那首诗中感受到的"纯粹"。

然而，为心灵而写的诗，并不代表它不对这个世界负责。一个人心灵的感受力，正是内在的自己对外在环境的吸纳与呼应。纯粹的眼睛和心灵都拥有发现的能力，它们令人对世界充满好奇，成为感受和思维最活跃的人。

　　所以我想，当一首诗成熟到情感、修辞、思想、诗性都刚刚好的时候，它就是诗人身、心、技的语言结晶，好似瓜熟蒂落。反过来说也许会更清晰些：有时我想写一首诗，却觉得找不到合适而准确的语言——要么轻要么重，要么浅要么深，总之是力有不逮。如果我被欲望牵扯着，非要将它写出来，那也不是不可以，但我可以确定，它不一定会是一首失败的诗，却一定不会是首好诗，因为这时的语言没能全然地为心灵服务，我受到了欲望的控制，这种情形下写的诗，不可能令自己愉悦和满意，更不可能令他人产生共鸣。但凡有一定审美能力的人，都会察觉到诗歌中存在着不对劲、不妥帖的地方。

　　因此写诗需要灵感、构思、材料的贮备、技艺的磨练，当这些条件具备了，诗人才会置身于"纯粹"的状态，产生"纯粹"的诗。许多诗最后是在火车上、洗手间、厨房里诞生，就是因为它们已经准备好了来见你，对你而言，它们就是砸中牛顿的那颗苹果。

　　这并不是说，诗人一定要等到自己所有的条件都成熟了才能进入一种纯粹的状态，才能开始写诗，这里所谓的成熟和纯粹，对具体的诗人而言是相对的，它们会随着个人的进步而逐步提高。而成熟与纯粹的层次越高，把握一首诗的能力也就越强。

在我眼里，好诗应像呼吸一样自然。对于很多事，我们常形容它说"可遇不可求"，或许正是因为多数时候，我们还都不够纯粹。

花絮
160

SCULPTURE
POETRY APPRECIATION

海男

　　出生于 20 世纪 60 年代，中国当代著名作家，中国女性先锋作家代表人之一。曾获 1996 年刘丽安诗歌奖、中国新时期十大女诗人殊荣奖、2005 年《诗歌报》年度诗人奖、2008 年《诗歌月刊》实力派诗人奖、2009 年第三届中国女性文学奖、2014 年第六届鲁迅文学奖（诗歌奖）。海男的跨文本写作有《男人传》《女人传》《身体传》《爱情传》等，长篇小说代表作有《花纹》《夜生活》《马帮城》《私生活》，散文集《空中花园》《屏风中的声音》《我的魔法之旅》《请男人干杯》等，诗歌集《唇色》《虚构的玫瑰》《是什么在背后》等。现为云南师范大学特聘教授。

手　札

海男

　　仿佛，这是一个假设，就像此刻又开始用手写下的文字，有许多年没用手写字了，今夜，有一种冲动，想在纸质的笔记本上写上文字。这个世界有一天会让纸质书消失吗？会让用纸质制作的笔记本消失吗？我想起来了在云南众多盆地之上呈现出的村庄，那些用手采摘树叶酿造纸质的作坊，自从明代开始，从江南中原迁徙到云南来的众生就将制纸术带到了云南……纸质，散发出树叶的香味，每一次这香味都沁人心脾……

　　忧伤是诗歌中的大船，它载着我渺茫的年龄向着无际无涯的大海远行。今晚没有画钢笔画，尽管画钢笔画拥有治愈忧郁症的特殊功效。
　　天气没有几天前那样凛冽。墨水很黑，书页需要拂开，生活，充满了荒谬而持久的细节。
　　奈保尔在《抵达之谜》中写道：现在，每一代人都使我们离神圣更远。但我们为自己改造了这个世界，每一代人都这么做；我们因姊妹去世聚在一起，感到需要表达敬意，悼念她时，我们发现了这一点，它迫使我们正视死亡。它迫使我正视自己，在夜里睡梦中思考的死亡，仿佛是为了让我这一刻做好准备，一种真实的悲痛正好填补了感伤引发的空虚。它向我证明，生命和人是谜团，是人真正的宗教，是灰暗和灿烂。当我面对真实的死亡，带着这种对人的新的惊奇发现，我不再犹豫。我将草稿放在一起，开始挥笔疾书，写下杰克和他的花园。
　　下午依旧是画钢笔画，鸟开始出现在我的钢笔画中，

携带着这个冬天的焦虑和忧伤。

　　我们活着和死亡却难以脱离母语的光泽，因此，我决定每天保持写手札的习惯，也许会写一段话或一句话……只要这个习惯能进行下去，我相信它会磨练我的怯懦以及虚无主义的忧伤，同时也会使我保持手工的练习和劳动。

　　晚安，钻进冬天被褥中的那一刹那间，也许是一天中最为松弛的时刻。脱离了手工所有的活计，包括写作绘画，可以随意翻开床头的新书，可以计划明天必须完成的事情，再就是与自己疲惫中的肉身和谐相处。

　　向往不久之后的海男书院——我从内心向往着那些古老的书架，朴素的人间生活以及敞开在一座僻壤的藏书阁。

　　晚安，亲爱的自我！

　　我们有如此多的沉迷在想象和现实中间的距离，每天过得那么快，没写多少字，没走多少路，没发多少呆，猛然间抬头已是黑夜笼罩。今天是平安夜，祈愿内心和现实的梦幻都将在新一年呈现。尽管如此，莫名的宛如梦醒以后的忧伤，已成为我人生中每天相伴中的水或粮食。

　　明天又是星期一了，时光在催促我尽快将手中事做完。内心的精神倾向就像巨石，呈青灰色，既是我脊背中的脊背，也是我枕头下的枕头。

夜里的寒气弥漫中，仿佛终于又放下了一根魔杖，而明天的明天，它依然会带领我去抵达世界上那些无穷无尽迷途中的彼岸。

云南，仿佛仍在像一根出母腹时的脐带缠绕我，它给予我藏书阁、简朴的生活，哪怕脐带已经在遥远的时光中飘忽而去，它却仍是我出入的版图。从小我就在这些从平川热带的海拔往上走，半山腰有古老的众生，再往上走就是葱茏的原始森林，再往上走就是五千米海拔之上的雪山。是的，我始终在走，在远离高速公路的村庄，我会看见水牛在耕地，听见镰刀在收割麦了，白鹭们栖在四野，山坡上的古刹中传来诵经声。我依赖于这些古老的习俗而活着，我聆听着这些世间的音律而安眠。有时候，看一只鸟飞往村庄屋檐下的场景，就能以此让我继续活下去。简言之，只有在云南的版图中一次次地行走，我的心跳才会有节律，眼眶中才会充满惊奇，灵魂才会安居，生命的渺茫才会寻找到无际的时间之谜。

时间是最大的魔法师，它给予我们年轮、因果之源。曾经诞生的青春给予我们烈焰、美酒、咖啡般的生命寓意，之后的中年给予我们青鸟、岩石、古刹、来自经书上的一轮明月般的光泽。面对时间，我们从空中花园又辗转到了尘埃，所有时间循环着，仿佛永无尽头的熔炼术，给予我们仰望星空长夜的时间，在仰头时我们是冥思者，而更多的时空我们是尘世的荒僻小路的游者，只有在躬身屈膝时，我们才知道生命的渺茫、羞涩和脆弱，也只有触摸到尘埃时，我们才知道我们从哪里来，将到哪里去。

　　小说，我感恩世间有小说存在。写小说，尤其是写长篇小说，是我非常心仪的生活方式之一。目前，我正在写中国远征军在缅北战争中撤离于野人山的长篇小说，书名就叫《野人山》。当时有四万远征军未能走出野人山，死于野人山的饥饿疫病。这同样是一部因果轮回之作，它从二战时代的缅北穿越到今天的二十一世纪。因此，小说的叙事一直影响着我的诗歌、散文，乃至绘画的创作。小说，尤其是一部长篇小说，就是我们的人生，里面装满了荒谬、谎言和战乱，生与死的轮回，众生的迷途和幻想。

　　诗歌于我，永远是一座忧伤的内陆，是记录我精神漫游的密室，是收留我寥寥魂灵的荒野。

　　帽子，终有一天，我要写一部长篇名为《帽子》，或者在我告别人世之际，写一部长诗《帽子》。因为我从青春开始时就喜欢上了各种色泽的帽子。帽子，是树篱、栅栏，是闪电暴雨烈日炎炎下我的避难冠顶，也是让我垂下眼睑祈愿时的隐身之屋檐，因为帽子会飘落眼帘上下的时空与尘埃，它也是我生命中携带的寓言之一。

　　我去得最多的是远离旅游者的区域，森林中白蚁们的一条条迁徙之路，蛇在野生藩篱中出入的轨迹，火塘边一个土著长

老吟咏古老的史诗般忧伤的谣曲，都是我的迷途，也是我的魔
法之旅。

　　像多年以前那样安于一隅，以此看见大地上的波纹，而在
我身前身后的群山盆地村舍正孕育着传说中的风暴。以此姿态，
躬身问候新一年的时间，唯有时间可以酿制沉香，亦可以在日
复一日中熔炼荣辱不惊的禀赋。
　　宇宙太大了，就像诗歌上升中的飘渺。唯有心灵可以隐蔽
也可以呈现。手眼鼻耳唇都在历经着寒冷的历练。钢笔画使我
沉迷于黑与白的故事。尽管如此，我仍然看见了黑暗中诞生的
葵花……归根结底，我们同万灵一样要练习隐忍，要吟诵内心
的经文，要抵达色空之迷，要练习不倦中做一个虚无主义者在
漫长苦役中的奥妙。
　　生命因其渺茫　从而获得了大海以上的陆地；因为有触觉眼
眸幻影，从而与万灵厮守，与自己的身体朝夕相处，介于两者
之间，心里获得了光阴的馈赠。
　　记录显得如此珍贵，若干世纪以后，钢笔、纸质、墨水或
许都会消失于人类创造的泡沫之中……而那时候，我的身体早
就已经蜕变为尘土。我移动着笔触……近期，下午总是有钢笔

画在陪伴着我，它使我度过了一阵阵来历不明的脆弱时光。脆弱，它不仅仅是一种疾病，也是一种艺术。

阳光洒在笔记本上的感觉真好！今天比往日减少了更多的忧伤。

下午画钢笔画时，阳光突然涌现……感恩这一缕缕西移而来的阳光。它抚慰着我的脆弱……在钢笔画中出现了各种形状的鸟……大约是没有翅膀的原因，总想画出鸟的翅膀……鸟无疑是世间最纤巧轻盈的精灵。啊，精灵，应该写一本名为《精灵》的书。彩虹中有精灵，落日之下有精灵，忧郁的感官中奔跑着精灵，我原本也应该是一只精灵。黄昏袭来了，它仿佛是另一个精灵……借助于黄昏色，我又开始握住了钢笔。生命从出生伊始，必须练习自己享受孤独。

感官也是一种奇妙的东西，如果在你的感官下触抚到了红色，那么，你的心在起伏荡漾中充满了热烈的玄幻……如果你的感官触抚到了蓝色，那么，你应该是一个正在路上的旅者，整个世界充满了天空和海洋的蓝色……

世界急速转身，只有你昔日的回忆，犹如掠过耳畔的鸟翅，可以带你从原路返回故乡。

乐器，它或许正在你怀中静卧。能以温柔之心怀抱乐器并抚琴者，一定是这个世界上最能享受光阴的秘密使者。

痛苦，在伤疤里（组诗）

海男

我需要

我需要过渡，像伞撑开而合拢
满世界奔跑的是兽或灵魂，而我需要
再节俭时间，这样我在时间中
可绣花，或者使用剪刀
在很长的时间里，剪刀下落下了头发
啊，我需要仰头就看见吊篮
里面的花需要浇水了。在我头顶
鸟儿在争夺食物，一颗玉米瓜分着
人类的历史是合理的分配
也是英雄或怯弱者的搏斗
我需要在他们之间，找到一个位置
写诗或者避难，这小小的愿望啊
足够挥霍尽我的年华
今天，我在大理洋人街
买到了几双绣花鞋，我想象我
穿上它，脚踝以上是我的裙子
我需要这样度日，将余下的年华
踏踩在水洼里。或者蜕变几层羽毛
扔下杂物，直奔云霄，去投奔天空
生活，是诗人的朗读
更重要的是彻夜不眠以后的活着

你爱我，又能怎么样

你爱我，又能怎么样
我爱你，又能怎么样
一把单人椅只能坐一个人
双人椅可以坐两个人
辽阔的海岸线可以让千千万万人踏浪
无垠的麦芒下，一些人被埋葬
另一些人杳无音讯。当腿酸痛时
双臂仍在奋力飞翔。你我相互忘记
世界仍在忘情中泅渡
口哨、谎言和激情声混为一谈
在荒凉的景致中，水牛们仍在耕地
狗在奔跑，天鹅在天上忍受着寂寞
农人已摘完了豌豆。你爱我或不爱我
世界永远以游戏而展开时间的答案
惊雷和蜷曲中抵达的是异乡
而我翻遍的纸书，也不过是游戏之家的
一场场告别。哦，点上灯吧
只有看见灯芯在燃烧，我才知道我究竟是谁

痛楚，在伤疤里

痛楚，在伤疤里，也在挎包的连接缝里
那里有一个书写黑与白的磁场
在远离大海的云南，山坡像海洋辽阔
碗筷中飘动着野生植物的味道
我作为一个人，常出入原始丛林
泥土植茎缠绕我，远方的咒语声
像古生物升起在山顶
我羞报地问过天际，哪一朵云
可以停下来？为寒冷者造一朵棉花
为安居者织一床棉絮
为我，一个失散者的灵魂
寻找到亲爱的母语，寻找到黑暗之榻
寻找到晒衣架、风铃、牧神的午后

煮酒

POETRY APPRECIATION
wine-warming

娜仁琪琪格

蒙古族。生于内蒙古，
长于辽宁朝阳，现居北京。
中国作家协会会员。
《诗歌风赏》主编，
《诗歌风尚》主编。
参加诗刊社第22届"青春诗会"，
著有诗集《在时光的鳞片上》
《嵌入时光的褶皱》。
获得辽宁文学奖、
冰心儿童文学奖、
延安文学奖、
《现代青年》《时代文学》
《西北军事文学》年度诗人奖等
多种奖项。

花语

祖籍湖北仙桃，
参加诗刊社第27届"青春诗会"，
曾获2017第四届海子诗歌奖·提
名奖、
2016《山东诗人》年度诗人奖、
2015《延河》最受读者欢迎诗人奖，
入选2013中国好诗榜，
《西北军事文学》2012年度优秀
诗人，
2001至2011中国网络十佳诗人，
2004诗歌报年度诗人，
著有诗集《没有人知道我风沙满
袖》《叩响黎明的花语》，
居北京，中国诗歌网特约访谈主持。

诗人、诗歌编辑，我是拥有双翼的人
花语 VS 娜仁琪琪格

花语：有人说，每一种书刊的品相，体现一个人在现实里的行文风格和审美理念。请问，您所主编的《诗歌风赏》《诗歌风尚》想向大众展示一种什么样的气度？一直秉持的宗旨是什么？

娜仁琪琪格：我认同这种说法，每本刊物中都住着主编的灵魂，在刊物的长期推动中，不难看出主编的思想观念与审美取向以及对待事物的态度与方式。我觉得在装帧与版面设计上首先要给人一种美、雅、静的感觉，而这些也一定要充满活力与现代性，在这些因素的基础上展现大气与从容。《诗歌风赏》与《诗歌风尚》创办以来一直坚持推动与发现好的诗歌，发现、挖掘新人，给多才多艺的诗人提供展示的平台与生长的园地。推动好诗，扶持新人，提供多姿多彩的艺术发展空间，持之以恒地贯彻艺术是潜滋暗长，如沐春风春雨、阳光雨露，在大自然的规律中生长态势的理念，同时为历史留存珍贵的资料。

花语：您先办了《诗歌风赏》，又办了《诗歌风尚》，二者的侧重点各是什么？

娜仁琪琪格：《诗歌风赏》是女性版的，以推出女诗人的诗歌为主，偶尔也会做特别的选题策划，跳出了女性的范畴。《诗歌风尚》是青年版的，定位在以80后、90后以及往下延续的更年轻的新人上，当然，青年在这里没性别的区分，哈哈。

花语：如果我没记错，《诗歌风赏》应该是国内唯一一本公开发行的大型女性诗歌读本，您能说说当时为什么要创办它吗？

娜仁琪琪格：是的，《诗歌风赏》是国内唯一一本公开发行的女性诗歌读本。

　　我在创办《诗歌风赏》之前曾在《中国校园文学》《诗刊》工作，多年的编辑生涯，让我有机会和众多的作者交流，也自然有机会与各种情况的作者相遇，在漫长的编辑工作过程中产生了很多想法，那个时候有一些想法可以通过工作去践行，一些想法也只能沉潜了下来。2012 年底我人生的际遇发生了突然的变化，开始陷入了新思索与探求，2013 年初我开始研究如何能实现自己的编辑思想与理念，于是决定创办一本刊物。作为一个编辑我能更好地理解一个作者，因为我也是一个迷恋文字的人，首先我因为爱诗、写诗才有机缘成为一个诗歌编辑，因此，我能理解一个诗人的诉求，尤其是一位新人的成长需要发现，需要鼓励，需要提供机会，才会获得以后在发展之路上的更多可能。同时，我也是一个女诗人，梦想、现实、与生俱来的性情在个体生命中的相撞、冲击、对抗与融合，那些大多数女诗人在成长的过程中经历和需要经历的，在我的生命中也经常发生，我们既要去实现梦想、寻找自我，也要解决、处理好生活中迎面而来的很多问题，我因为爱惜、珍爱自己，而爱惜、珍爱所有的女诗人，因此，在我获得了机会后，在众多方案的选择里，我决定创办一本女性诗歌读本，为女诗人建立起一个雅集的家园，打造一个美丽的百花园，在这里装下各种的芬芳、各种的美、各种美妙发展的可能……把女诗人们的人生梦想汇聚在一起，捧献给这个世界的就是无限的美好。当然，在这样的一个过程中，在这样的一个环境里所产生的态势就会是彼此影响，彼此滋养。

　　花语:《诗歌风赏》除了女性的特殊性外，它还在哪里有别于其他书刊，也就是说它的独特性在哪里？

　　娜仁琪琪格: 在确定了《诗歌风赏》的定位后，我在栏目的设置上下了很大的功夫，诗歌艺术的发展是薪火相传的事业，和其他艺术门类一样都有一个自然规律，那就是传承与发展，于是我首先考虑到了代际之间的互相滋养与相互照耀。这里既有富有影响力的访谈栏目"煮酒"，收集活跃在当下诗坛的优秀诗人的栏目"群芳"，也有培植新秀的栏目"绽放"，而头条栏目"独秀"则是从本卷的"群芳"与"绽放"中选出的优秀作品，这位诗人大多是 1970 年代以后出生，在整个诗坛还没引起特别关注。推出她的一组有力度的诗歌的同时，也请评论家针对这组诗歌写评，同时发出她的一篇随笔。

我一直认为女诗人大多数都是多才多艺的，天性的敏感，让她们直抵各种艺术的核心，在来到这个世界之前早已掌握了表达的技能，只是很多的人一直被沉重的纷杂遮蔽着。于是开辟出了一个栏目"雕塑"，这个栏目不是在文本体裁上的跨界，而是各个领域间的跨界，诗人不仅是诗人，同时也是画家、摄影师、服装设计师、戏剧家、舞蹈家等，我们在推出她的诗歌的同时也推出了她在另一个领域的艺术作品，同时有一篇关于在两种艺术之间行走的随笔文章。这个栏目以16个彩页隆重推出。

　　说独特性，我还要说说"采玉"，"采玉"这个栏目的设置，是为了给诗人提供一个更广阔的视野与学习的机会，不仅推出外国诗人的优秀诗歌作品，还请翻译家写　写在翻译过程中的　些思索。"采玉"不仅是对诗歌作品的赏析，还有对诗人的研究与介绍，这样便于读者更好地进入、抵达文本的核心。

　　《诗歌风赏》的最后一个栏目是"赏荐"，它的独特性在于，我们请活跃在当下诗坛的优秀青年诗人推荐一首他们印象深刻的外国诗歌，而后以他们的视角与独特的感受进行赏析。诗人的文字定是感性的、优美的、富有磁性的。就这样以绕梁三日的余韵，在优美的旋律中结束一本书的阅读。

　　我认为，如果你是一个真正热爱诗歌的人，尤其是女诗人，如果你能让自己静下心来好好把一本《诗歌风赏》读完，从头到尾，一个栏目也不落下，那你定会收到福音，收获多多。

　　如果不信，就请你试试！这句话同样可以用给《诗歌风尚》，用给青年诗人。

　　花语："有一千个读者，就有一千个哈姆雷特"，这句话是说不同的审美标准，能界定出不同的美，或者不美。作为主编，您对好诗的界定标准是什么？

　　娜仁琪琪格：是的，每个人的视角和审美趣味不同，得出的看法自然不同。在探讨诗歌时我经常和朋友们说起，这就如面对大自然的花朵，有人喜欢玉兰、牡丹、海棠，而有人喜欢梨花、杏花、桃花、迎春花，还有人喜欢蒲公英、苦菜花、二月兰，甚至是狗尾巴花，不开花的灰灰菜，抑或是那些毛茸茸的小草。在一朵花中见世界，这与每个人的审美素养、艺术情趣以及思想情怀有关系。

一个好的主编，不仅是一个心中有万千自然之美的好的园艺师，而且必须有一双善于发现的眼睛，敏于感知的心灵，能于万千自然事物中发现各自的美、各自的特点，和这个世界相互映照的审美哲学，你不仅能在一朵花中见整个世界，也能在刚破土发芽的绿色中看见未来。都说好诗没标准，我是说最好的诗歌没标准，不仅诗歌这样，任何事物的最好、最优秀都不存在唯一的标准，都是相对而言的，所以，我认为很多时候获奖作品、得头奖的作品不一定是最好的，什么是最好？每个人心中都有自己的最好。而好诗一定是有标准的，它一定具备了某个因素，或直抵人心，震撼心灵；或在朴素的语言中阐述了个体生命的真知；或是以语言的艺术、独特的视角，在纷杂的社会关系、日常的生活中剔除了遮蔽，发现并指出了本质，抵达了事物的核心，亮出了真相。那些美的、丑的……抑或是，在花草、树木、鸟儿、流水、天空、大海，在这万千自然事物中发现了美，自然事物存在的真谛，又以精妙的文字表达了出来，能触动人心，给出别样的意蕴，因而让人产生了向往与对这个世界的爱恋，这些都是好的。

花语：一个人长期从事编辑工作，那是一种什么感觉？在长期的读诗、选稿过程中，哪些诗作给您印象特别深刻？或者说您被好作品"击中"的次数多吗？

娜仁琪琪格：说实话，在长期的读诗、选稿过程中会产生疲惫的感觉，有时候也会厌倦。因为一个读者在一本刊物中阅读到的诗歌、诗人的随笔，都是编辑们精心地挑选、编辑而呈现出来的。作为一个编辑，会不可避免地遇到很多糟糕的文字。编辑就是在汹涌的海洋中大浪淘沙提炼黄金，捡拾珠贝。而恰恰也是在这样的过程中，疲惫的双眼被擦亮，而后精神为之一振欣喜地读下去，慢慢地忘掉了一切。这就是你说的那种被"击中"的感觉。

在编辑《诗歌风赏》与《诗歌风尚》的过程中，我被好作品击中的次数还真是不少，那些在作品中呈现出来的忧伤、喜悦、沉重、轻盈；那些在生命深处的思辨，对未知的探求以及对自然世界美好的抒发，都会触及我的心灵，我经常会为与这些作品相遇而庆幸自己从事的职业，在这样的工作过程中我与很多心灵相逢，在这些文字中我体验了多种人生，在一些诗歌中我游走了世界。于此，也会被很多清新的风吹拂，让我看到很多明媚的事物、未知的远方。因此，我对未来充满了期待！

花语：写诗，有人习惯端坐电脑前，有人习惯在旅行途中，您注重诗歌写作的形式感吗？一般都在什么样的情形下写诗？

娜仁琪琪格：写作的形式感在我这里不存在，但我觉得这里有习惯或规律的问题，习惯是被训练出来的某种状态，在那个阶段，或某种情况下能自然地进入写作状态。我是一个特别喜欢安静的人，在安静的某种阶段都会有诗歌或诗情在生命中涌动，而我最佳的写作状态大多数时候都会出现在清晨。这是在长期的从事编辑工作的过程中养成的习惯，白天我是属于工作的、作者的，每天阅读大量的诗歌稿件，或处理一些事物，人脑都被密密麻麻的文字塞满，没有一点空隙，只有放下工作的夜晚，自己回归了自己，在完全放卜的轻松中入眠，或者带着白天的思索入眠，这时大脑中储存的繁杂被清除了，诗韵氤氲开来，此时诗神来敲我的门，我会猛然醒来，起床拿起纸、笔，或是迅速来到电脑前，打开电脑静坐下来。我的大多数诗歌都是这样产生的，在凌晨的三点左右起床，有时比这更早些，有时比这稍微晚些。记得在《中国校园文学》《诗刊》工作时，我都是凌晨的两三点钟起来写作，完成一首诗后困意袭来，重新倒在床上，再次猛然醒来正是需要赶紧准备上班的时间。

花语：对您来说，写诗是自我消解，还是自我的救赎？写诗对您意味着什么？

娜仁琪琪格：毫无疑问，写诗对我来说是一种自我的救赎。在最开始阶段写诗让喜欢安静、不喜欢表达、不善于交流的我找到了语言的出口，那种倾诉与表达得到了保护。而在漫长的写作过程中，这成了一种修炼，诗歌写作让我更好地去理解世界、人生，从而获得了自我。

写诗对我意味着一种存在，意味着我一直走在完善自己的路上，意味着生命可以一直向美而生，也意味着一种对世界万物的回敬与观照。

花语：您和女儿苏笑嫣都写诗，这在诗歌圈是众所周知的美谈，你们在家里也会谈论诗歌，相互切磋吗？

娜仁琪琪格：女儿和我都写诗，却是互不交流的，那是各自独立的世界。正因为我们都是读书、写作的人，对于生命的幽微感知都彼此尊重。如果说女儿曾经受过我的影响，那就是来自从小的潜移默化，点滴熏陶。

花语：蒙语娜仁琪琪格是什么意思？这个名字的由来，能够说给大家听听吗？

娜仁琪琪格：娜仁在蒙语中是太阳的意思，琪琪格是花朵，两者结合起来就是太阳花。

我名字的由来的确有个故事，与我的出生有关。母亲生我是难产，我曾经说我是不愿意来到这个世界的，因为折腾了母亲三天三夜后才出生。我出生的时候，我父亲在请医生返回的路上，那个时候正好是太阳刚刚升起，父亲刚刚跨进大门时就听见了我的哭声，他的一颗悬着的心终于放下了，抬头看到升起的太阳，我的名字就脱口而出了。

花语：您从什么时候开始写诗的？童年印迹是否影响了您的一生？

娜仁琪琪格：严格地说，我是在读高中的时候开始写诗的，那个时候我特别不喜欢说话，而又有很多的话在生命里翻腾，就开始把那些话写在小本子上。也是那个时期，我发表了处女作。

我童年的生活，来自家庭的教育，爷爷豁达、宽厚；父亲耿直、敬业，一直抱有谦虚的态度；母亲善良、勤劳、隐忍与坚韧；姐姐从小爱读书，喜欢学习，永远对这个世界抱有好奇，而又勇于探索。那种潜移默化的滋养一直跟随我到现在，我想那应该是一生的影响。

花语：您怎样看待诗歌刊物对中国当代诗歌发展所起的作用？

娜仁琪琪格：毋庸置疑，诗歌刊物对于中国当代诗歌发展的作用自然是重大的，如果没有诗歌刊物的存在，肯定不存在目前诗歌的发展繁荣、色彩纷呈。这个道理很简单，就像一个孩子的成长不能缺少家庭的养育；庄稼的生长，不能没有土地；百花的绽放，不能没有山川与花园。这也如鱼儿之于海洋河流，鸟儿之于天空山林。

花语：有人说，现在写诗、读诗的人越来越多了，诗歌重新进入公众视野。您是否认为白话诗歌的写作进入了空前繁荣的阶段？

娜仁琪琪格：现在写诗的人越来越多，但写的不都是诗歌，我还是要说不是所有的分行文字都是诗歌，真正的诗歌是属于艺术的范畴。这就是说，写诗是一种修炼，是过程漫长的一种修为，是通过艺术手段在生命中提炼出的筋骨，是面对自然世界时发现并指出的真谛。诗歌的创作最不能缺少的是天赋,而后是持之以恒的坚持。因此,诗歌永远都是少数人掌握的技艺,也自然永远都是小众的。说它繁荣自然也是相对而言的。

花语: 在互联网时代,诗歌刊物与以往相比发生了哪些变化? 您如何看待网络媒体发展给传统刊物带来的影响?

娜仁琪琪格: 互联网时代的到来给文学作品的浮出提供了广阔的空间,那是一个无比自由、自在的场域,到了微信时代已是没有任何门槛,完全是恣意放纵,于此,不仅是诗歌刊物,所有的文学刊物,包括图书、报纸都受到了不可避免、无法逃避的强大冲击。互联网出现后我们把这些传统的传媒叫做纸媒,而在互联网上应运而生、迅猛发展的叫新媒体。新与旧自然产生了对峙与交锋。这自然给传统纸媒不断提出新的问题,时代发展是不可回避的,这就要求传统纸媒要不断改变自己的观念,敞开怀地去拥抱新时代。而在这里又产生了新问题,新媒体的发展蔓延,也带来了很多弊端,也给传统纸媒提供了存在的合理性。那些必然的存在,就在两者的兼容之中。

花语: 诗人注重个性化与创造性,编辑则需要兼容并蓄。在诗歌编辑与诗人这两个身份之间,您是怎么权衡的? 诗歌编辑的经历是否对您的诗歌创作产生了影响?

娜仁琪琪格: 一个诗人的敏感天性与创作经历,使得我在编辑工作时能很快地进入文本,能够很好地理解作者,并在心灵上取得沟通。正是因为我是诗人,有着从爱好到成长的经历,使我特别懂诗人,因此有更多的尊重与爱惜。一个好的编辑必须具备包容的情怀与敏锐的眼光,在纷杂的万象中能识别出各种的好,你必须是一个好的厨师,经过你的挑选、制作,呈现出来的是色香味俱全、凉热荤素搭配的大餐,去满足不同阅读取向的胃口。你可以有偏好,但那些偏好与执着需要留到自己的创作中去坚守。同时,正是因为一个编辑的包容情怀,给很多流派、很多人留出了发展的空间,尤其是对待年轻人的包容,你的包容是一种鼓励、一种牵引的力量,是一线光芒。

编辑工作让我阅读到各种文本,我在挑选、编辑这些稿件时都在思索,无论好的选取,还是不行的淘汰,这里必有我的思想产生。如此,我带着一些问题再反观自己的作品,在反思的过程中能狠下心来去解决旁枝斜权,懂得如何更好地提高自己以及对自己不断提出要求。

在繁杂的工作中我是一个编辑，在回到安静的属于自己的时光时，我是一个诗人。我一直都在努力抓住有限的时间去践行一个诗人的职责，那就是坚持创作，在人生不同的阶段拿出不同的作品。诗人、诗歌编辑，我是拥有双翼的人。从事文学创作，同时也从事编辑工作的人都是拥有双翼的人。所以，我对诗歌一直怀抱感恩。

花语：因为网络和自媒体的繁荣，诗歌得到了越来越多的关注。您如何看待网络诗歌的前景？

娜仁琪琪格：网络和自媒体的繁荣，使得诗歌纷繁起来，没有门槛、没有限制的绝对的自由，同时也带来了许多问题。不是所有的分行文字都是诗歌，那满天飞舞的不一定都是霞彩，更多的是粉尘或泡沫。然而，新媒体的发展，使得网络文字的生长、传播的迅猛是不可估计的，好的诗歌，抑或是所有文学作品借助于网络和新媒体的翅膀去传播，这是发展的必然。

花语：二十世纪八九十年代海子、顾城等诗人自杀事件的发生，给人们造成了诗人是"异类"的印象。这种印象在当代有改观吗？您认为诗人在当代公共生活中处于什么样的境遇？

娜仁琪琪格：这个话题我很有兴趣探讨。前段时间安琪打来电话，谈到了"90后"诗人左秦的自杀。面对这个沉重的话题，首先是疼痛的、惋惜的。当我们的话题展开的时候，一切都明亮了起来。我说，自杀不是诗人的专利，来到这个世界的人被分流到各个行业之中，每个行业每年都有自杀的人，只是那属于另外一个圈子，在另外的世界中，我们不知道而已。而自杀现象永远是个例，不论是在哪个行业中，包括海子、顾城，他们也是个例。诗人自杀造成"异类"的印象是因为诗人这个群体确实是敏感的，对于一些事情的感知总是比另一些人来得迅猛，而诗人的表达又是直接的、迅捷的，这个易感的人群也会以最快的速度传播消息，在不断传播的过程中不断地一层又一层地渲染与修饰，也不断地披挂上越来越多的色彩。而其他的行业中，一个人死了，自杀了，身边的人痛苦一段时间，这件事就在时间的流逝中淡化了，除了自己的亲人之外，谁会记得？而诗人不同，诗人不仅以声音传播，还以文字追思与挖掘，还要在死去的诗人的文字中挖掘出更丰富、更悲怆甚至是某些更幽微、神秘的东西来。小说家面对这样的事情是沉静下来，思考每个细节，要安静地、巧妙地把这些融到文字的情节中去，死去的人在他的小说中改了名，换了姓，职业也自然不是小说家。

还有，为什么就看不到诗歌提供给诗人的救赎，给那些孤苦的人、病痛的人提供的希望与明亮的未来？很多人正是因为诗歌获得了新生，获得了存在的意义，也因为诗歌获得了一生的庇护。在我从事诗歌编辑的过程中遇到很多这样的作者，有聋哑人，有因小儿麻痹一生瘫痪的患者，是诗歌给予了他们活下去的光亮，也是诗歌给了他们信心与勇气，让他们在坚持写诗的路上找到了生存的空间，成了更好的自己。诗神在看着每　个爱她的孩子，会不断地输送希望。没有人去统计因为诗歌改变命运的人究竟有多少，如果有人去考察、统计，我相信那将是一个惊人的数字。诗歌早已成为很多优秀的诗人的精神信仰，也正是因为有了诗歌他们在这个世界获得了充实与丰富。

诗人在当代社会的境遇因人而异，在公共生活中还是特别受人尊重的。你看现在每年在各地众多的诗歌活动就知道了，不知道还有哪个行业受到如此纷繁、如此高的礼遇。那是诗人的意义与价值。

花语：不少人有严格的写作计划，对您来说，是想到哪算哪，看到什么有感觉了才写，还是也有计划？写多少作品，才能满足自身的需求？

娜仁琪琪格：有写作计划固然是好的，时间上的运用确实需要规划。而我不行，我原本计划写一首长诗，写到第二十节时就搁置了，真的不是因为没有才气难以贯穿下去，而是因为来自生活、工作的原因必须放置。在这里夸夸自己吧，我在女子中属于有责任心、有担当的。诗歌确实是我精神的信仰、挚爱的艺术，是我在这个世界存在的一种形式，这辈子我是离不开她了。而面对家庭中一个妻子、母亲、儿女应该承担的责任与义务，我愿意放下正在写着的诗歌，而先把这些关系处理好，我不能因为我的喜好给家人带来痛苦或是不舒服。因此，我的诗歌都是在工作、生活的罅隙里抢时间完成的。长诗的写作，确实需要贯穿到底的气息与状态。我盼望着有那么一段充足、安静的时光来让我完成它。至于写多少作品才能满足自身的需求，这个于我是没有定数的，我知道如果不让我写诗我是难受的，一段时间因为繁忙或诸种原因我没能写诗，有些生命就会在我的生命里折腾，一些声音就会在我的生命里翻江倒海，我必须找个时间提供个出口，所以诗歌于我只要写着就好，没有数量上的要求。同时，我也认为诗歌不是以量来衡量的，而一定是要从生命中提取出来的。

花语：作为资深的诗歌编辑和前辈，您有什么忠告要和年轻的诗人们说的？

娜仁琪琪格：真正热爱诗歌，是一生的事情，喜欢诗歌创作，自然也是一生的事情。勤奋、刻苦，把别人用于虚度的时间珍惜起来，慢慢地积累，时间长了就成就了你与其他人的不同。宇宙万物间的事物都是相互映照的，那里有一股暗流或说是渠道，与每一个生命个体都有相通的关系，这种关系就是自然规律，只有遵循，不可违逆。这就是说，你必须通过自身的生命体验、能量积累、技艺上的磨练而获得炉火纯青的技艺，从而在生命中提取出诗歌，万万不能急功近利，巧立名目，别人的永远都是别人的，而不是你的。因为这个新媒体、信息大爆炸的时代，有太多的人被名利驱使，忘记了创作是在自身中提取，而是直接去拿取或篡改别人的东西。如果是那样，你获得再大的名声、利益又如何呢？你不过成了别人的影子，也很可能成了别人的笑柄，令人不齿。

花语：您参加过青春诗会，你认为参加青春诗会有意义吗？你参加的那届青春诗会还有哪些人活跃在当下？

娜仁琪琪格：在我成为一个诗人的路上，参加了青春诗会，这样的途径是非常有意义的。我参加的是2006年的第22届青春诗会，那一届在贺兰山。我记得在青春诗会的开幕式上叶延滨老师有这样的一句话："参加青春诗会的诗人会出现两种情况，青春诗会对于有的人是在诗歌路上的开始，而对于有的人是终结……"大概就是这样说的，恕我记忆力不好，不能准确地恢复原话。对于我，2006年第22届青春诗会是我诗歌路上新的开始。在青春诗会上我还记住了我的指导老师周所同先生的一句话，他说，你们能来到这里是经过了千挑万选的，非常不容易，每一人都是很不错的，回去后一定要坚持，先坚持过五年，这五年过去，你的作品会有很大的提高，再坚持五年，这就是十年了，如果你能坚持十年的创作，那么你一定是成了非常优秀的诗人。我坚持走过来11年了，还会继续下去。

我在一些书刊上还经常与苏浅、李小洛、李云（七月的海）相遇，也经常看到霍竹山、孔灏、徐俊国、成路、邰筐等人的作品，我想，他们都应该是一直活跃在诗坛上的诗人。

花语：在新的一年里，《诗歌风赏》在推荐诗人和诗歌上有什么举措或相关计划？将准备举办一些什么样的诗歌活动？可以介绍一下吗？

娜仁琪琪格：2018年第1卷《诗歌风赏》做了个特别的选题策划"中国当代女诗人亲情诗选"，这是在"中国当代少数民族女诗人作品选""中国当代女诗人代表作""中国当代女诗人爱情诗选"后的一种延续，这种选题策划为对这一时期的女诗人的研究，储备了系统的历史资料。

《诗歌风赏》举办了两届女子诗会，如果条件成熟我希望在明年举办第三届女子诗会。

在尘世 （组诗）

■ 娜仁琪琪格

是盐，不是雪

我脚下的洁白不是雪，近处堆积的
远处霹雳的山脉，也不是
晶莹的明亮，熠熠生辉
是人类生命中不能缺少的盐

渡轮将我们载入深海，洁白的浪花，在身后翻涌
茶卡盐湖是多么静美，茶卡盐湖卷起千层浪。
我看见远处洁白的盐，我看见近处洁白的盐
他们的洁白，多么像雪，是雪堆积在明亮的水面。

一辆辆轮船，装满洁白
一辆辆轮船，载走的洁白可再生洁白
远处的祁连山，洁白绵亘，卧波于盐湖
又交出暗影、迷幻
我凝思，是山神向盐湖倾倒圣洁的盐

献给穆瑶洛桑玛

我的来到，是瞬间的经过
美丽的穆瑶洛桑玛，在来到之前我有很多想法
要静坐在星光之下，等待 1000 位巴里拉登牧的出现
在银河的此岸，静静地凝望、祝福与祈祷

疾驰而来，穿过塔拉的雪，恰卜恰天空浓重的乌云。

行至茶卡盐湖，辽阔而亲切的蒙古歌与洁白的哈达把我迎接
风吹起我凌乱的发丝，天空蓝得辽远，白云垂下花朵
经幡招展——
无奈，还是错过了我的同族蒙古牧民祭湖仪式
我记住了这个感恩的节日：每年的农历五月十五

此刻，篝火已燃起，照亮四野
美丽的穆瑶洛桑玛
请允许我借用，正在表演的蒙古歌舞
敬献您——
颂《平安经》　佑　方平安吉祥的女神
我匆匆来到，驻足您面前，有片刻的停留与凝视
仰慕您的端庄与和善
"每一个能给人传递福音，布施吉瑞的女神
都有一张圆润的脸，菩萨慈悲的心"

"在尘世　我们也可修来姣好的面容
一颗柔软的菩提心，像美丽的穆瑶洛桑玛"

风雪离人

那先是雨，而后是雪
朦胧的清晨，五大连池以清冽的空气
细密的雨，送我
揖手与我相逢的万物告别，它们在昨天
以熟透的美，阔远的天蓝，轻盈的白云
款待了我，这个远方来人。

它们以白桦、柞树、松柏、杨树、松柏的绚丽
为我铺地毯，披锦缎
这温暖的美酒，这恣意，一经入怀
我就还了魂。当我依树而卧，金黄的叶羽垂落于我的额头
阳光恰好吻上脸颊，我是代谁现形？
当我被厚厚的树叶覆盖，扬起双手
散落满天飞羽。我纯真地开怀大笑，有谁不会被感染？

山太寂静了。我们走过的栈道，绕过的湖水
静得能听到啾啾的喘息。静得我站在桦树林中的身影
沉入了寂静。静得我在火烧岩上的探询
还是寂静——

雨是离人的泪么？缠缠绵绵
模糊了丛林的视线，那些涌来的，而又向后远去的
它们还没来得及把色彩斑斓的华服脱下
就披上银白的素洁。
是雪，是铺天盖地的雪
迅疾到来。是飞舞的白蝴蝶，是天使飘飞的翅翼
为我铺展着北中国辽阔壮美的画卷

这是神的恩典，在五大连池通往机场的高速上
独享盛大的洁白——
这 2017 年的第一场雪，来得多么及时。

在武乡 感恩涅河

我看到涅河水潺缓流淌时，看到了两岸茂密的
植物　那些碧绿披挂于土崖　高岗
那些细碎　繁密的花儿　开满沟壑
涅河清澈　把自己一再放低
我在疾驰的大巴上眺望　它俯身穿行
把两岸的万物举高　一些树木直入云霄

我想到天上的银河　想到夜雨倾盆降下甘霖
雨雾弥漫　天地相合　银河举高了涅河的水位
那些山坡　高岗上的高粱　玉米　荞麦
它们欢饮的声音　催动噼噼啪啪的拔节
那些痛饮的甘霖　也就倾注留守老人　妇女们的心田
这一年的期待与守望　都在敞开胸膛地灌浆

一切美好都可期待
窗台上的玉米　金黄饱满

红艳艳的辣椒　结实的谷穗　重新鲜亮了老屋　新宅
阳光照耀　墙壁温暖
日子旧了　年年月月日日　都在翻新
他们安于劳作　安于恬淡　安于守望
他们给远方的亲人打电话：
"放心吧，家里都很好！"

乡村需要他们留守　乡村需要故土难离
那些生产玉米　高粱　谷子　荞麦
土豆　大白菜的地方　是我们的故园
是辽阔的祖国庞大的根系
父母　亲人在　那才是我们回得去的家
在武乡感恩涅河　就是感恩天下所有的母亲河
感恩血浓于水的家园

万物凋敝，它在开花

爱它依然在我大脑中，风姿绰约
这是对一株低矮植物的思念，还是它倔强地占据？
登曼德拉山，在浩瀚的石海中
它夺入，我的视野。
在苏亥赛，更多的人看岩画
或被石窝、石臼、形象各异嶙峋的怪石
它们的散落，或群聚
吸引，发着天问，异常兴奋。
我却在一种矮小的植物前
坐下来——

苍茫的戈壁滩，深秋的季节万物凋敝
就在我们到来前，天空飞扬漫天的大雪。
就在上午的曼德拉山，阳光继续
消融残雪

而它，在矮小枯干的枝丫上吐绿
张开桃红的小脸，粉扑扑、娇嫩嫩

仿佛迎来了一个春天，开着锦绣河山
札格萨嘎拉
——在荒凉的戈壁滩

额日布盖大峡谷

修炼了多少世　才能到这里
太阳照在额日布盖大峡谷　月亮也照在额日布盖大峡谷
深秋的戈壁滩　野茫茫的苍凉
深秋的戈壁滩
无尽的荒芜
远去的驼群　扬起尘烟

我们来到了　额日布盖大峡谷
你看你看那月亮的脸　你看你看那太阳的脸
它们同时照耀　额日布盖大峡谷
仰头就是重重叠叠
万卷经书
火红起来的万卷经书

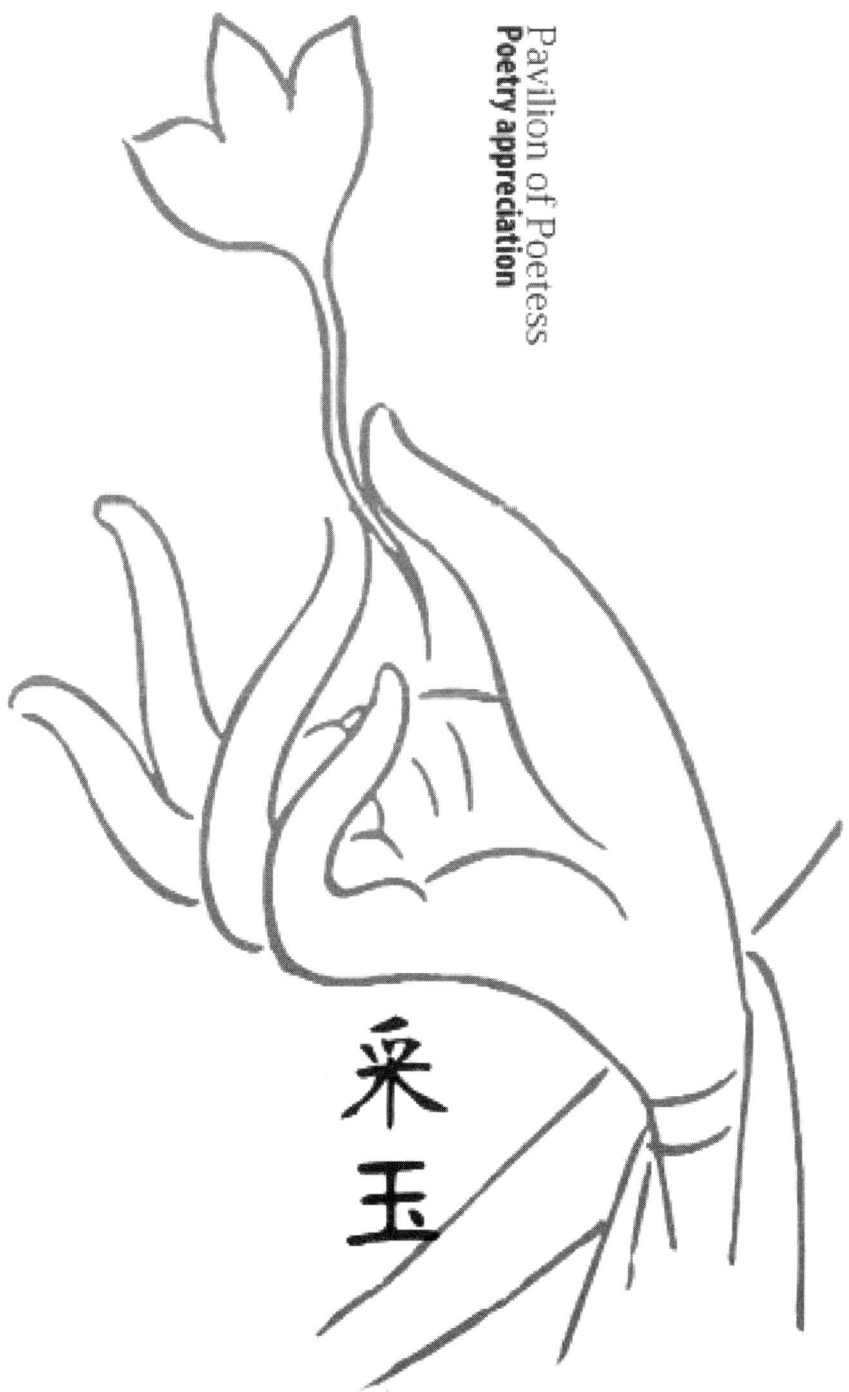

采
玉

　　哈丽娜·波希维亚托夫斯卡（1935—1967）是波兰女诗人，她患有严重的心脏病。在一个疗养院治疗期间，她遇到晚期病人阿道夫·波希维亚托夫斯卡，二人相爱并结婚，丈夫在两年后病故。海利娜·波希维亚托夫斯卡一生做过两次手术。第一次手术1958年完成于美国费城，十年之后，她在华沙接受了第二次手术，不幸死于术后并发症，年仅32岁。波希维亚托夫斯卡去世后，波兰国内先后出版了多种她的诗集，最主要的是四卷本的《选集》，其中头两卷为诗歌作品，近五百首抒情诗。1997年，为纪念哈丽娜·波希维亚托夫斯卡逝世30周年，在克拉科夫，她的波兰语和英语双语对照的诗集《真的，我爱》出版，所收作品多为爱情诗。在半个世纪里，她的作品还被翻译成英语、法语、意大利语、波斯语等在世界各地出版。

哈丽娜·波希维亚托夫斯卡诗选

■李以亮 译

永恒的终曲

我向你许诺过天堂
那是一个谎言
因为我将带你到了地狱
进入血红——进入痛苦

我们将不会走在伊甸园
或透过栅栏，窥望
盛开的大丽花和风信子
我们——将在魔鬼的
宫殿门前，躺下

我们由黑暗的音节组成的翅膀
将如天使一样沙沙作响
我们将唱一首
简单的人类之爱的歌曲

在路灯的闪烁里
在闪亮的那边
我们将亲吻
我们将互道晚安
我们将入睡

在早晨，守夜人将从油漆
剥落的长凳，跑向我们
并讨厌地大笑

他会用手，指着苹果树下
坠落的果核

一个提醒

如果你死了
我不会穿淡紫的衣服
我不会买彩饰的花环
风中低语的缎带
不
不要那些

一辆灵车会到来——就那样
一辆灵车会离开——就那样
我将站在窗边——看着
我挥动我的手
我挥动围巾
向你道别
独自站在这个窗口

在夏日的时光
在疯狂的五月
我将躺在草地
温暖的草地
我会抚摸你的头发
轻吻蜜蜂的茸毛
——刺人而可爱
像你的微笑
像暮色

然后，会有
银色的——也许是
金黄的，或红色的
晚霞
微风

对青草无休止地低语着
爱情——爱情
让我不愿起身
离开
你知道的，离开——意味着
回到我那该死的空屋

论麻雀

麻雀是最高的天主教徒
相信一切
相信太阳下的幻象
相信枯干的树叶
从不说谎
不偷盗
不啄食地上的豌豆
当一切转绿的时候
在温暖、敏感的三月
它们不叽叽喳喳
不在栅栏上飞行
允许自己
被虎斑猫的利爪抓住
像受折磨的圣人死去
以最深的勇气
为其未遂的罪而死去
这就是为什么，在圣诞之夜
只有麻雀，而非他物
优雅地行走在最高的圣诞树上
啊，它们在哭泣

爱情是什么

一场攫住小屋的大火——以一个醉汉的
吻点燃屋顶的稻草。

一道闪电——喜欢高大的树木——被囚于
公寓的水——被自由与饥饿的风
释放。
一棵松树的长发——被风之手指爱抚——构成
一首疯狂感激的歌曲。
一个女人溺毙的头——她在水里轻轻
张开手指——对死去的太阳微笑。
她被拖上岸——久久地哭泣，直到悲伤的人们
把她放到地上，才会干透。
一场大火。

"你说：晚上我来找你……"

你说：晚上我来找你，你像
一只蜷曲着入睡的温暖的猫。
我整个夜晚都在等你。
我将嘴压进枕头，我扎起头发，
在光滑的床单上它有着枯叶的颜色。
我的手陷进黑暗，手指环绕着
寂静的树枝。鸟儿睡了。繁星
不能在厚重的云层上飞翔。夜
在我体内一分一秒地——生长——
红色的血小心地跳动着。
从紧闭的窗口，一轮冷月
缓慢、蹑手蹑脚地走了进来。

"我对身体没有往日的柔情……"

我对身体没有往日的柔情
但我忍受它，如负重的牲口
它是有用，却需要不厌其烦
应付痛苦和欢乐、痛苦和欢乐
有时它在狂喜中凝固
有时它成为梦想的避难所

我知道它曲折的走廊
我知道疲劳从何而来
哪些韧带会因为大笑而绷紧
我知道泪水独特的味道
与血的味道是那么相似

我的思想———一群恐惧的鸟
它们以我身体的皱纹为食
我对身体没有往日的柔情
但我从未如此强烈地感到
我之所及，远不超过　臂之距
高不超过踮起脚尖的高度

"我说，早上好……"

我说，早上好
路过一棵山楂树
挂满雨滴
我说，早上好
心想蝴蝶的翅膀
有着离别的色泽

你好，公海
深蓝的太空
屈从于你的低语
海浪发白的嘴
你好，地球
我来，为了照应你
我来，用我的身体
收割你青春的智慧
我来，为了离开
在每个瞬间
每个黄昏
夜复一夜
日复一日

"我们成为彼此的抒情……"

我们成为彼此的抒情
坏脾气
一点一点
被扔进傍晚的天空

我们的手指张开
突然开成
篱笆下淡紫的花

迷醉于芬芳的气味
我们徘徊于群星之间

不安，闪烁
想到未来
星星对我们喋喋不休
晃着启示录般的手指

"那么多心灵奔向你……"

那么多心灵奔向你
所以，你应该存在
你以无限慷慨地
用太阳给我的痛苦镀上光辉
我再次向你祈祷
温柔

无论谁，相信你
并跟我一样
强烈地需要你，都会充满力量

最贫困者
是被剥夺了神圣的人，像一月的树
棕色的树干

在耻辱里起火燃烧
请听我说
我祈祷温柔

请给我降下雨水吧，恩慈的咸雨滴
给我无用的双手
给我温暖的嘴唇，降下雨水

"我温顺地爱你……"

我温顺地爱你
你看
我甚至爱我的手肘
因为它曾经是你的私有

显然，舍弃一个人
最真实的财产拥有
头也不回
也是可以的

显然，待在
地球正在冷却的内里
也是可以的

"每当我想活下去，我就大喊……"

每当我想活下去，我就大喊
每当生命要离开我
我就抓住它
我说——喂，生命
请不要走

他温暖的手握在我的手里
我的嘴靠近他的耳朵

我低语着

喂，生命
——仿佛它是一个
即将离开的情人——

我搂着他的脖子
我大喊

如果你走开，我会死去

"生命之墙坍塌……"

生命之墙坍塌
我剥开黑暗的种子
树顶飘落的秋天
从我的手里取食

在秋天的红翅下
麻雀暗淡
血在风中旋转坠落
渗入大地

凭着一种久远而无限的直觉
我感到，像贴着青草的
脸颊感到草根匆匆生长
进入了春天

进入春天？

"我不知道如何只是一个人……"

我不知道如何只是一个人
在我内部有一只受惊的老鼠

还有一只嗅着血迹的雪貂
还有恐惧和追逐
多毛的肉
思想

我不知道如何只是一棵树
持续生长，或者树枝繁盛
不是我唯一的目标
或者结出果实
或者开满花朵

我好奇地割着树皮
我擦亮凝结的树脂
我每天将活的组织
转化为词语的火种

以文字
诉说我的痛苦
仿佛抒情是一把钥匙
适于打开
很久以前就已关闭的天堂

以生之热情，对抗死之阴影
——论哈丽娜·波希维亚托夫斯卡的诗歌

李以亮

哈丽娜·波希维亚托夫斯卡（Halina Poswiatowska, 1935–1967），出生于1935年5月9日，那是春天——季节的春天，也是年轻波兰共和国（第二共和国时期）的春天。她做少女时候的名字叫海伦娜·梅加（Helena Myga），她容貌姣好，气质迷人。1939年，战争来了，她虽然幸运地活了下来，却在九岁那年冬天，由于长时间受冻而心脏严重受损。战后她从她出生的小地方切斯托克霍沃来到首都华沙和欧洲最古老也是波兰最大的城市克拉科夫求学。因为之前罹患严重心脏病，不得不寻求有效的治疗。但她身体虚弱，乘坐飞机出国对身体的承受能力也是很大的考验。1958年，她只得乘船到达美国费城，准备接受心脏外科手术——好心的波兰人和波兰侨民，为她募捐了一切费用。当时，手术取得了很大的成功，恢复迅速，更令人惊奇的是，这个年轻姑娘执意选择留在美国求学。她很快被马萨诸塞州的史密斯学院录取，虽然那时她还不能熟练地说或读英语，她却在仅仅三年时间内就完成了全部课程的学习，并取得硕士学位，这是1961年。此时她获得了一个全额奖学金机会，本可以在斯坦福大学哲学系这样的名校攻读博士学位，但她放弃了机会，毅然选择回国。回到欧洲后，她短暂游历了巴尔干半岛和其他一些国家，最后回到克拉科夫，在著名的雅盖沃大学注册，准备一面继续其学术研究，攻读博士学位（她研究的领域是分析哲学），一面创作风格清晰、明亮而暖人的诗歌。然而，终其一生，波希维亚托夫斯卡都生活在心脏病的阴影下。她常常会感到呼吸困难、急促，胸部疼痛，需要长时间和充分的卧床休息。为了增强体质，她经常在楼梯上做跳跃练习，以图锻炼心脏活力。

波希维亚托夫斯卡渴望生活，并没有沉迷于个人身体和精神的困苦。这不仅可以从她当时创作的诗歌、写给友人的书信得到证实，也是与她交往过的人共同的评价。在一所疗养院治疗期间，她遇到一个晚期病人阿道夫·波希维亚托夫斯基，他们相爱并结婚，但丈夫在两年后病故。波希维亚托夫斯卡深感悲痛，但她的性格里有着极强的韧性。她重新开始了生活，诗歌写作依然不乏明亮的色彩。与她的同代人写作相比，其诗在敏感性、力量等方面毫不逊色，因此也很快成为波兰当时著名的诗人。不幸的是，波希维亚托夫斯卡 1967 年 10 月在华沙再次接受心脏外科手术时，死于术后并发症，年仅 32 岁。

波希维亚托夫斯卡去世后，波兰国内先后出版了多种她的诗集，最主要的是四卷本的《选集》，其中头两卷为诗歌作品，近五百首抒情诗。1997 年，为纪念哈丽娜·波希维亚托夫斯卡逝世 30 周年，在克拉科夫，她的波兰语和英语双语对照的诗集《真的，我爱》出版，所收作品多为爱情诗。在半个世纪里，她的作品还被翻译成英语、法语、意大利语、波斯语等在世界各地出版。

波希维亚托夫斯卡诗歌最显著的特征，笔者认为，是她的诗歌里穿透死亡阴影的顽强生命力。

笔者将她与北欧女诗人索德格朗做过一个简单的比较。这两位女诗人都一直生活在严重疾病和死亡的威胁之下，但从索德格朗的诗作来看，她似乎一直在死亡的阴影里徘徊，当然，她也是不乏生命力和反抗意志的，已有论者指出，她所依靠的哲学武器是尼采哲学，然而，正如尼采也不脱悲观主义一样，索德格朗的大多数诗作都笼罩在一种阴郁、迷惘的阴影之中。但是，诗歌的悲观主义是哈丽娜·波希维亚托夫斯卡明确拒绝和反对的。她看到艾略特诗歌的流行和影响，她说"悲观主义俘获了我们的头脑，／如草在油的表层"。她讽刺说"你可以看到这点：从各种当代诗选集／以及／那些刚满三十岁／人的眼中"。

然而，波希维亚托夫斯卡借以反抗悲观主义的，不是简单的乐观主义，而是——以萨特的话说——"严峻的乐观主义"。作为一名尊重个体感受之真实的诗人，她的诗歌里，所有来自生活和经验的细节、体验，浸透着活生生的疼痛、挣扎和反抗，无不体现出诗人"可以被战胜但不能被打败"的坚定信念。

她有一首无题诗，这样写道：

假如我伸出双手

尽力伸
我会碰到一根铜质导线
电流川流其间

我将
进作
一阵灰雨落下

物理是真实的
圣经是真实的
爱是真实的
真实的，是疼痛

　　一切都是真实的，连同死亡的疼痛。不难想到，这可能是作者在产生自杀情绪的瞬间写作的一首短诗；诗人并非如有的研究者所认为的，从未产生过自杀性的意图，而是以肯定生命的热情，否定了自杀的念头。尼采曾在自传中写道："正是在我的生命遭受极大困苦的那些年，我放弃了悲观主义，自我拯救的本能不允许我有怯懦的软弱的哲学。"我们知道，尼采最终走向了他的"强力意志"的超人哲学，但依然打上了浓厚的悲观主义底色。作为诗人和一个分析哲学的学者，波希维亚托夫斯卡所坚持的，是她借以对抗死之阴影的生之热情。这种热情，正是叔本华所谓"使艺术家忘怀人生劳苦的那种热情"，是"艺术家的优点"它也是波兰诗人扎加耶夫斯基后来在他的文章里宣称要捍卫的热情。

　　以译者对波希维亚托夫斯诗歌风格的了解，她极重视词语的简洁和新颖，同时，对于意象的选取，尤其注重让它们浸透个人独特的感觉，以造成陌生化的效果。而陌生化的分寸，也是极其重要的。波希维亚托夫显然清楚这一点。因此她诗歌的风格毫不晦涩，相反，她的诗歌以质朴、清新、诚挚的格调取胜。作为一名女诗人，她的诗毫无那一时期激进女权主义，以及后现代主义思潮的影响。她的诗是扎根于波兰诗歌和文化土壤的艺术之花。这些，从她的作品里不难清楚地感受到，在此就不多赘言。

　　研究哈丽娜·波希维亚托夫斯的学者甚至认为，如果她的写作不被死亡中断，赢取诺贝尔文学奖也不是太过大胆的假设。当然，假设终究是假设。

但是，为波兰赢得诺贝尔奖的另一位女诗人，一贯惜墨如金的席姆博尔斯卡，却为纪念这位杰出女诗人，写过一首题为《自体分裂》的诗，让我全文抄于此，以怀念这位才情卓越、过早离世的诗人：

遇到危险，海参便将自身一分为二。
它将一半弃予饥饿的世界，
而以另一半逃避。

猛然一下就分裂为死亡与得救，
惩罚与奖赏，一部分是过去一部分是未来。

一道深渊出现在它的躯体中间，
两边立刻成为陌生的国境。

生在这一边，死在另一边，
这边是希望，那边是绝望。

如果有天平，秤盘不会动。
如果有公道，这就是公道。

只死需要的一部分，不过量，
再从残体中，长回必要的。

我们，也能分裂自己，真的。
只不过分裂成肉体和片断的低语。
分裂成肉体和诗歌。

一侧是嗓门，一侧是笑声，
平静，很快就消失。

这边是沉重的心，那边是非全死——

三个小小的词，仿佛三根飘飞的羽毛。

深渊隔不断我们。
深渊围绕我们。

李以亮，男，1966年人。写诗，译诗。作品散见各相关专业期刊。出版诗集《逆行》、译集《无止境：扎加耶夫斯基诗选》《希克梅特诗选》《捍卫热情》《另一种美》等。现居武汉，供职于某电信公司。

賞

appreciate

荐

POETRY APPRECIATION

安琪

　　本名黄江嫔，1969年2月生于福建漳州。中国作家协会会员。新世纪十佳青年女诗人。合作主编有《第三说》《中间代诗全集》《北漂诗篇》。出版有诗集《你无法模仿我的生活》《极地之境》《美学诊所》及随笔集《女性主义者笔记》等。诗作被译成英语、德语、韩语、西班牙语、日语等传播。个人创作简历被写进美国出版的《中国现代文学史词典》。画作被《诗刊》《文艺报》等50余家报刊及诗文集选用。现居北京。供职于作家网。

一首与哲学有关或暗含哲学意味的诗

席姆博尔斯卡，1923 年 7 月 2 日出生于波兰库尔尼克，1952 年出版第一部诗集《我们为此而活着》，1954 年出版的第二部诗集《向自己提问题》奠定了她在波兰诗坛的地位。1957 年出版的第三本诗集《呼唤雪人》标志着诗人的创作进入一个新的时期。席姆博尔斯卡一共出版过九部诗集。

在赫拉克利特河里

在赫拉克利特河里，
一条鱼捕到另一条鱼，
一条鱼用尖鱼去切碎另一条鱼，
一条鱼在造一条鱼，
一条鱼住在一条鱼里面，
一条鱼从一条被包围的鱼那里逃脱。

在赫拉克利特河里，
一条鱼爱上一条鱼，
你的眼睛——他说——像天上的鱼炯炯有光，
我愿与你一起游向共同的海洋，
啊，你这鱼群中的妹丽。

在赫拉克利特河里，
一条鱼构想出高于一切鱼类的鱼，
一条鱼向一条鱼跪拜，
一条鱼向另一条鱼唱歌，
一条鱼向一条鱼祈求，
为了游得更轻松。

在赫拉克利特河里，
我是一条单独的鱼，一条独特的鱼，
　（但却不是木头鱼、石头鱼）。
我在单独的瞬间描写小鱼，
就像银光闪闪的鱼鳞那样短促，
也许是黑暗在羞怯中闪烁？

赏
荐

《在赫拉克利特河里》是 1996 年诺贝尔文学奖获得者席姆博尔斯卡的代表作之一。席姆博尔斯卡，1923 年 7 月 2 日出生于波兰库尔尼克，像同时代的许多波兰年轻人一样，席姆博尔斯卡刚刚步入豆蔻年华，就尝到了法西斯战争的折磨和痛苦。二战结束后，她进入大学攻读波兰语言文学和社会学，并开始显示诗歌才华。1952 年出版第一部诗集《我们为此而活着》，1954 年出版的第二部诗集《向自己提问题》奠定了她在波兰诗坛的地位。1957 年出版的第三本诗集《呼唤雪人》标志着诗人的创作进入一个新的时期。席姆博尔斯卡一共出版过九部诗集。

　　1996 年席姆博尔斯卡由于她的诗"通过精确的嘲讽将生物法则和历史活动展示在人类现实的片断中。她的作品对世界既全力投入，又保持适当距离，清楚地印证了她的基本理念：看似单纯的问题，其实最富有意义……"而获得该年度诺贝尔文学奖，成为世界瞩目的诗人。

　　席姆博尔斯卡受到过多种哲学思想的影响，她的诗中既有存在主义、怀疑主义的因素，也有进化论和其他哲学的成分，这使她的诗显得理性而睿智。席姆博尔斯卡的诗歌语言表面看来明白如话，内中却因融进大量的谚语、暗示、比喻、影射、哲学格言、拉丁语典故和民歌民谣而显得丰富多彩、不易理解。

　　了解了以上这些背景，有助于我们对《在赫拉克利特河里》一诗的解读。

　　我们先来看看题目"在赫拉克利特河里"，这是一个深怀暗示、比喻和哲学意味的自造词，它位居正文每一节的起始，呼应和强化着题目，因此我们有必要对这条"河"做一番分析。

　　赫拉克利特是古希腊著名哲学家，持的是怀疑论观点。他最著名的一句话是"人不能两次踏入同一条河流"，也就是说，同一个人他第一次踏入的河流和第二次踏入的河流是不一样的，哪怕这条河流是原来那条河流。河流是动的，人也是不断变化的，所以同一个人同一条河流又不是同一个人同一条河流了。这是典型的万物不可知观点。

　　席姆博尔斯卡直接用"在赫拉克利特河里"作为题目显示了她卓越的语言创造力，赫拉克利特、河，一人、一物，被强力黏合，成一个全新的概念。这种黏合必须有内在的逻辑，方有说服力。如前所述，赫拉克利特因为有那句关于"河"的名言，他自己被比喻成一条河，被当作一条河，也就言之有据，而我们也因此知道，这是一首与哲学有关或暗含哲学意味的诗了。

那么，在这样一条哲学之河里到底会发生哪些事？

席姆博尔斯卡用四个小节二十三行诗呈现了发生在赫拉克利特河里的一幕幕场景。既然是河，主人公当然是鱼了，但是请注意，这里的鱼完全可以转换为人，或其他动物。席姆博尔斯卡诗歌写作中的"影射"在此又发挥作用。

我们先看第一节，这一节展现了两幅画面：1.残杀画面（一条鱼捕到另一条鱼，一条鱼用尖鱼去切碎另一条鱼，一条鱼从一条被包围的鱼那里逃脱）；2.生育画面（一条鱼在造另一条鱼，一条鱼住在另一条鱼里面）。

第二节同样在赫拉克利特河里，温馨感人的事儿发生了，爱情来了：一条鱼爱上另一条鱼。男鱼在向女鱼求爱，说情话，他说，你真美啊，你是鱼群中最美的了，让我们白头偕老一起闯荡江湖吧，我们游出赫拉克利特河，到太平洋去好了。这一节字面意义明白，很容易理解。

第三节还是在哲学家赫拉克利特河里，不得了，有统治者或想当统治者的鱼出现了，它在构想要高于一切鱼类。有不平等现象发生了，你看，有跪拜、唱歌、祈求发生了，其目的是，"为了游得更轻松"。这应该是那条想"高于一切的鱼"给出的虚幻前景，貌似说，为了自由，必须先不自由。

前三节，诗人列举了不同心态、不同表现行为的各种鱼，她自己是什么呢？第四节，诗人出场了，她也是一条鱼，一条单独的、独特的鱼，她不跟前面三节中那些鱼混杂，无论是你争我夺还是表达爱情都不是她想要的，她要什么？她要关注那些幼小的鱼，那些羞怯的躲在暗中闪光的小鱼。这是诗人的态度，一种人性关怀。

不知大家有没有注意到席姆博尔斯卡在本诗中创造了一种句式，我想称之为席姆博尔斯卡句式：一条鱼怎么着另一条鱼。自本诗之后，我经常读到诗人们如此写诗：一种物怎么着另一种物。一个诗人的诗作能被模仿，证明这个诗人的影响力大、原创性高。

图书在版编目（ＣＩＰ）数据

诗歌风赏·惠风和畅 ／ 娜仁琪琪格主编 . －－ 武汉：
长江文艺出版社，2018.6
ISBN 978-7-5702-0471-7

Ⅰ . ①诗… Ⅱ . ①娜… Ⅲ . ①诗集－中国—当代
Ⅳ . ① I227

中国版本图书馆 CIP 数据核字（2018）第 106274 号

责任编辑：沉　河　　谈　骁　　　　责任校对：陈　琪
书籍装帧：苏笑嫣　　　　　　　　　责任印制：邱　莉　　王光兴
─────────────────────────────────────

出版：　长江出版传媒　　长江文艺出版社
地址：武汉市雄楚大街 268 号　　　　邮编：430070
发行：长江文艺出版社
电话：027—87679360
http://www.cjlap.com
印刷：三河市宏顺兴印刷有限公司
─────────────────────────────────────

开本：700 毫米 ×1000 毫米　　　1/16　　印张：14
版次：2018 年 6 月第 1 版　　　　　2018 年 6 月第 1 次印刷
行数：6450 行
─────────────────────────────────────

定价：35.00 元
─────────────────────────────────────